作者近照

柳湧摄于庆祝中华人民共和国成立75周年招待会上

爱国诗文
精读丛书

回延安

贺敬之 ◎ 著

中国言实出版社

图书在版编目(CIP)数据

回延安 / 贺敬之著 . -- 北京 : 中国言实出版社 ,
2024.9. -- (爱国诗文精读丛书). -- ISBN 978-7
-5171-4952-1

Ⅰ . I227

中国国家版本馆 CIP 数据核字第 2024CH3655 号

回延安

责任编辑：朱　悦　曹庆臻
责任校对：史会美

出版发行：中国言实出版社

地　　址：北京市朝阳区北苑路180号加利大厦5号楼105室
邮　　编：100101
编辑部：北京市海淀区花园北路35号院9号楼302室
邮　　编：100083
电　　话：010-64924853（总编室）　010-64924716（发行部）
网　　址：www.zgyscbs.cn　电子邮箱：zgyscbs@263.net

经　　销：新华书店
印　　刷：徐州绪权印刷有限公司
版　　次：2024年10月第1版　2024年10月第1次印刷
规　　格：880毫米×1230毫米　1/32　9印张　4插页
字　　数：109千字

定　　价：58.00元
书　　号：ISBN 978-7-5171-4952-1

目 录

MULU

十月

一

像喝着手酿的高粱酒……

他站在
　十月的窗前——
跃进的莽原,
燃起了
　紫色的黎明……

呼吸着
　浓湿的空气,
他带着酒味的笑……

在早晨——

村后那泥路；
那马车；
那摇曳的谷穗；
那发光的小河。

在早晨，
在我们十月的大地。

他扬起两臂：
"丰收的十月呵！"

二

他爱高原的十月的太阳……

他宽阔的胸膛，
　拥抱穗子；
在发热的土壤里，
　他歌唱！
因为他下种，
他将收获。

会议上，
他扬着
　手臂的森林，
站在

掌声里。

一个音响：

"劳动英雄！"

1940年10月，延安

不要注脚

——献给『鲁艺』

"鲁迅"，
解释着我们，
像旗帜
解释着行列。

早晨的阳光，
铺上那院落，小路……
刺槐树茂密的叶子，
环绕着
教堂的尖顶。
早安呵，
我们的小溪，
我们的土壤。
这里是我们的学校——
"鲁艺"！

在时代的路程上，
教堂
熄灭了火焰，
耶和华
走下了台阶……

今天，
"鲁迅"
领导我们，
我们集合在旗帜下。

今天，这里，
红星照着，
铁锤拥抱着镰刀
在跳跃。

一切都在歌唱：
"同志们！"
一切都在呼喊：
"伙伴哟！"

艺术，不要注脚，
我们了解——
生活

和革命。

在我们的场园里，
我们赶出了
"伤感"的女神，
摒弃了
镀金的哀愁。

叫旧世界的堡垒发抖吧，
我们的火把——
"鲁迅"
将燃烧不熄！

歌唱给全世界听吧，
我们的旗帜高举——
"鲁迅"！

像春天般歌舞，
我们跳跃！
热情，
泛滥的大河，
歌声，
像夏夜的雷雨……

手风琴的嗓音
彻叫在白天；

欢笑
汇集，在蓝色的晚上。

人的丛林
在高呼：
"诗人
和共和国的工作
是完全一致的！"[1]

看吧！
木刻家、
农民一样勤劳，
在他的田野——木板上，
锋利的刀子
在耕耘着。

小说家，
在纸的阔野上
挺进！

音乐——我们的进行曲！
戏剧——大地是舞台！

在艺术的

[1]马雅可夫斯基诗句。

兵营和工厂，
我们是
战斗员和突击者，
工作不息！

生活的引擎，
百万匹马力
在奔驰！

我们高举
"鲁迅"的火把，
走向
明天，
用诗和旗帜，
去歌唱
祖国青春的大地！

1940年10月，延安鲁艺

我们这一天

一

我们站在一起，
同志们！

那么，
我要歌唱，
而且走进
我的艺术学院，
像铁链
挂上齿轮。
——听从组织，
我举起手！

当我跨上

这青石台阶，
我像读过了
马雅可夫斯基的诗章。

我来到了走廊下，
我看见墙报，
红色的标题：《路》，
在那下边，
注解着：
"诗——现实主义！"

而且，提琴
用高音奏着曲子。

我走进我的"系"，
像在战线上
走进我的哨位。

好啊，同志们！
请不要叫我凑近炭火吧，
让我说：
"我不冷！"
在我们这里，
并没有冬天。

现在，我可以

从我的铺位上
拿出一本《联共党史》，
或者是一本
《论持久战》。

同志们，
请听，
我的歌颂：
"诗人——马克思列宁主义者！"

让我们开始讨论
时事问题，
并且，谈论我们的国家，
那么，我发言：
"我们的国家
有延安，
引导着人民，
走向新的世纪！"

同志们，
请允许我打开书页，
而且拿你们来印证：
那《铁流》里的
郭如鹤，
和在烈火中炼成的钢铁的
保尔……

二

而且，让我们来
谈论诗。

这里，
没有桂冠。
在今天，
诗，从绣花的笼子里
走出来。
正如，
我们重新解释了人，
诗，
我们的定义——

诗，
是工作！

在这里，
诗人和他的诗，
就是
工人和他的铁锤；
就是
农民和他的镰刀；
就是
战士和他的枪。

在我们革命战争的道路上，
我们集合了，
我们出发了。
我们的第一句：
"前进，同志们！"

三

好！
一个会议，
正在开始；

一个会议
正在进行……

在这儿，在我们中间，
充满着夏天。

——生活检讨会！
而你，主席同志，
像在热带森林里，
你站在中间，
是一棵高大的榕树。

但是现在，

安静一点，同志！

炭火的火苗，
高高地上升吧！
让我们站在
马列主义的检阅台上，
检阅我们的生活。

整齐些，
我们的步伐！
前进，
挥舞起我们的手来！

——这是谁？
大声点！

第一个问题：
关于加强无产阶级意识锻炼……

四

啊！
我们的这一天，
忙碌的
欢笑的日子！

……在晚上，
我看见了
东山的窑洞，
那闪烁的光亮，
那跳跃的星群。

那么，让我
向你们致敬！

向在每一个光亮前面
工作着的
燃烧的心灵。

你们，我尊敬的艺术家，
我的亲爱的同志，
我歌唱
你们的匆忙的手指，
你们的呼吸
和汗珠。

在你们的手腕下边，
出现了诗
和画幅，
我看见，
已经开始了的
建设在我们的大地上的

文化的钢铁。

而且，
我看见，
明天的花朵
正在今夜开放，
像灯光和星群……
好吧！
晚安，东山！
晚安，同志们！

我们的梦，
连接着明天！……

1940年11月，延安鲁艺

雪花

我望着你——

……你从烟雾一样的
天空，
轻轻地落下。

我望着你——

……你落在林间，
落在屋顶上，
落在冻结的河面上。

你的小小的翅膀
在飞舞，
带着低声的

温柔的歌唱。
我看着；
我听着。

我的快活的心
在和着你
一起歌唱。

我没有忧愁，
在这里。

在这里，
在冬天，
我工作着。

亲爱的同志，
我说：
春天已经开始了。

1940年11月，延安

雪，覆盖着大地向上蒸腾的温热

在窑洞里，
我和同志们
围坐在油灯旁边。

我们的影子
连接着，
在墙壁上
闪动。

炭火，
旺起来了。
雪，
在窗外落着，
雪，
覆盖着大地向上蒸腾的温热……

我的笔
站起来，
我的思想
像海潮似的
撞击着我的心

我不能平静，
我要呼喊。

我是怎样地
来在这个世界上！
来在
同志们的行列中！

……一九二四年，
雪落着，
风，呼号着，
夜，漆黑的夜……
在被寒冷封锁的森林里，
在翻倒了的鸟窠中，
诞生了一只雏鸟……

呵，我的母亲，
在这样的日子里，
你诞生了我！

挂满蜘蛛网的破屋子里，
我的祖母
跪在屋角，
连连地磕头祷告：
"天啊，
俺喂他什么吃？
——这个小东西！"

我的父亲，
躲账在
村庄的酒馆里，
又赊了账，
醉倒在柜台边……

亲爱的同志，
这就是我的
自传的第一页：
时代 + 灾难 + 母亲，
这，我就生长起来。

我来在这个世界上。
我的眼睛，
看着；
我的脚
踏着
——这一片漆黑的大地！

我的母亲，
为什么打我妹妹？
难道，
就因为她在年三十
要吃一块年糕？
父亲呵，
为什么和祖母吵架？
难道
就因为她藏了二升高粱，
不能给你还账？

而雪，落着，
风，呼号着，
夜，漆黑的夜……
炮声啊，
在响！
人群啊，
在哭嗥……
哪里去？
你们！
哪里去？
母亲！
哪里去？
父亲？
…………

——在一九三七年，
这样的晚上。

母亲啊，
撒开手，
妹妹，
给我的夹袄——
我要走了！
这长长的道路，
这漆黑的道路……

我被抢去了
在衣角里
母亲缝进去的
五块钱钞票，
我被摔倒在
河沟里……

但是，
我看着，
我走着！

我走着，
我想着！
我的母亲！

我的祖国!
我终于,
看清了,
太阳从哪边出来!
花朵
是在哪里开!

我来到这里,
来到
这旗帜底下,
来到
我的同志们中间!

而且,
我是宣了誓的,
我背诵过了我的誓言。

亲爱的同志们!
为母亲,
为祖国,
我来到这个世界上,
来到行列里。

而你,
我的笔,
你不能停止,

我的心啊，
更热烈地燃烧吧！

在这样的晚上，
窗外，
雪，
无声地落着，
雪，
覆盖着大地向上蒸腾的温热……

我的肩，
擦着同志们的肩，
同志们的肩，
擦着我的肩……

我的诗，
检阅着我的过去——
我，
那样地
走了过来，
走到了你们中间！

1940年12月，延安

大路上 我走在早晨的

我走在早晨的大路上
我唱着属于这道路的歌。
我的早晨的河啊，你流吧，
我的早晨的太阳，你升起吧。

我走在早晨的大路上，
在我的面前，
在我的四周，
是无限广大的土地。

我面对着我自己，
我面对着我的歌，
我面对着这道路，这土地，
我面对着这个国度，这个政权；

我—— 一个十八岁的公民，
我自己说话，高声地：
这土地是我的！
这山也是我的！

我—— 一个十八岁的歌者，
我唱我自己的歌，高声地：
是我的——这早晨，这太阳！
是我的——这欢快的一天的开始！
现在是秋天。
现在是收获的季节。
现在是每一种颜色都鲜红的季节。
现在是每一个喉咙都发声的季节。
现在是每一双手都举起热情的季节。
现在是每一朵花都结实的季节。

我走在早晨的大路上，
我唱着属于这道路的歌。
光明和温暖正在这大地上开始，
这里正在开辟，正在手创。

这早晨的歌，
这太阳的歌，
这季节的歌，
这开辟和手创的歌，

这闪耀和燃烧的歌，
呵，我走在这道路上！
这道路的歌，
这田野的歌，
这西红柿的歌，
这小米的歌，
这玉蜀黍和高粱的歌！
呵，此刻，我，前进着，
我迈着我的脚步，均衡而有力。

我的伙伴，我的公民同志，
我们来唱这歌吧，
我们来完成这奇迹，
我们来投票选举，
我们来吧，同志——
足够十八岁的！

我，十八岁，向前走，唱着，
你们，也向前走，
从我的左肩擦过，唱着；
从我的右肩擦过，唱着。

我什么也不想，
我，一点也不怀疑，
我面对你呵，我的大地，
如同向日葵对于太阳一样真诚不二。

我的头脑是清醒的，
像那被太阳光穿透的露珠。
在会议上允许我发言，
在我的道路上允许我大步向前而且唱歌。

我的脚步是你们中间的一双脚步，
公民同志们！
我的手是你们中间的一双手啊，
公民同志们！
它同你们紧靠着，
它同你们一起前进，
它同你们紧握着，
它同你们一起来管理这大地。

让我们牢记吧，
我们是自己国度的先驱者，
让我们牢记吧，
我们是自己栽培自己收获的人！

我不能不起来，从我的座位里，
我来在这早晨的道路上，
我不能不唱歌，唱我的赞颂的歌，
给这早晨，给这太阳！

我仍然前进，

一刻也不休止，

我同我的邻人，

一起呼吸，生活。

我走在这早晨的大路上，

我唱着属于这道路的歌。

我看见这大地每一秒钟都在前进，

我看见这大地每一秒钟都在生长，

我看见这大地上的旗帜正在飘扬，

我看见这大地上：快乐和歌唱。

我，向前走！

我，十八岁的公民！

啊，我唱着，和延河的声音一起，

太阳在我的周身，在我的大地上。

前面的，你是什么？

都来到我的怀里吧，我紧紧地拥抱你们，

我，十八岁的歌者，

我也要投到你们的怀里，你们也来拥抱我！

你是我的同志，我的爱人啊，

你是我的伙伴，我的邻人啊，

你是我的房屋，我的田野啊，

你是我的早晨，我的太阳啊。

我走在早晨的大路上，

我唱着属于这道路的歌。

我跟着前面的人，
后面的人跟着我。

1941年9月

太阳在心头

张三牵着老黄牛，
他在地坪慢慢儿走。
眼看太阳落西山，
他倒有另一个太阳在心头。

张三左思右一想，
一年四季春到秋。
今年收成真正好，
你看谷糜满山沟。

为啥如今光景比往年好？
不是天差神保佑。
因为有了毛泽东——
温暖的太阳在心头。

毛主席比太阳更温暖，
他比那太阳更长久。
张三拉了泥菩萨的架，
灶君神扔到火里头！

……黄牛忍不住叫几声，
张三唱起了"信天游"。
天上的星星眨眼笑，
他看见：光明的大路在前头。

1941年9月，延安

啄木鸟

你听到吗，这从林中发出来的
啄木鸟啄食的迟重的声音
穿过密密的枝叶来到你的耳际?

你看见吗，啄木鸟正搂在树枝上
以自己顽强坚硬的长嘴
不感厌倦地啄食着每条树干?

周围，树林蔓延到无边，
那顽强坚硬的长嘴去接近着，发现着，
要什么虫食，就得到什么虫食。

而你，在你生活的林中
也以你的嘴唇去接近，而且发现吧，
你将不断地迈步向前，那枝干会不断地满足着你。

而现在，这丛林中发出来的
啄木鸟啄食的迟重的声音
穿过密丛的枝叶来震颤你的心了。

1942年4月27日

我的家

陕甘宁——我的家，
几眼新窑在这垯[1]。

这里是——我的庄稼：
谷子一片黄，
荞麦正开花，
你听那桃秫叶子哗啦啦啦想说啥[2]？

唔，还有这牛，这羊，
这一群黑油油的小猪娃。

暖堂堂的太阳头上照，
活闪闪，一杆红旗崄坢上插。

[1]这垯，西北方言，这里。
[2]桃秫，即高粱。

036

眼望这一片好光景，
叫我怎能不爱它？

革命前，真可怜呵……
咳，过去的光景不提它！
陕甘宁——我的家，
如今与前不同啦。

呃！你看，那秫秫地里，
有个黑影过来啦！

是狼？是狗？
还是什么坏家伙？

唔，看清啦：
是他们！

娃！把我的枪拿来，
咱要撵走这贼娃！

呵！
陕甘宁呵，我的家，
我怎能叫强盗来侵占，
我怎能不来保卫它？

1942年9月，延安

八路军开荒歌

一

鸡叫三声天刚明，

我们的队伍上了山，
东方的太阳才出来，
这一片荒地要我们开。

哎咳咳，哨子一声响，
哎咳咳，镢头举起来，
樱桃好吃树要栽，
小米饭好吃荒要开。

二

我们年轻有力量，
我们的镢头放亮光，
咱们的人多力量大，

《八路军开荒歌》这首词由曲作家安波同志谱曲。

这一梁散到那山岗。
哎咳咳，努力来开荒，
哎咳咳，种谷种高粱，
春天多挖几镢头，
秋天就多收几斗粮。

三

出身就是个庄稼汉，
动起手来真不难。
大家努力多生产，
定要为人民减轻负担。

哎咳咳，不分指、战员，
哎咳咳，大家加油干，
八路军的战斗员，
本来就是万能的英雄汉。

1943年，延安

南泥湾

花篮的花儿香，
听我来唱一唱，
唱呀一唱——
来到了南泥湾，
南泥湾好地方，
好呀地方。
好地方来好风光，
好地方来好风光——
到处是庄稼，
遍地是牛羊……

往年的南泥湾，
处处是荒山，
没呀人烟……

《南泥湾》这首词由曲作家马可同志谱曲。

如今的南泥湾，
与往年不一般，
不呀一般。
如今的南泥湾呀
与往年不一般——
再不是旧模样，
是陕北的好江南……

陕北的好江南，
鲜花开满山，
开呀满山——
学习那南泥湾
处处是江南，
是呀江南。
又战斗来又生产，
三五九旅是模范——
咱们走向前，
鲜花送模范……

1943年，延安

罗峪口夜渡

一九三六年三月，在党中央指示下，刘志丹率陕北红军于罗峪口过黄河东征，在山西三交镇战斗中光荣牺牲。

东征死了好老刘，
人人哭得不抬头。

细面长来白馍软，
端起碗就想刘志丹。

眼泪顺着饭碗流，
世世代代想老刘……

————陕北民歌

这是作者写的长诗中的一节。

不见月儿不见星，
一片乌云遮在空。
风丝丝也不动，
火星星也不明，
罗峪口上黑沉沉……

罗峪口上黑沉沉，
只听见，黄河里
呼啦呼啦流水声……

只听见，黄河里
呼啦呼啦流水声——
今黑夜
刘志丹的队伍过河去东征！

……大队人马上了船，
一个个，手拉手来肩并肩。
"唰啦"放开纤，
船儿离了岸，
大船、小船，一支一支紧相连，
河东岸——河西岸，
当隔拉连起一架山。

马不嘶声人不嚷，
红旗卷在杆杆上；

长枪"马拐"[1]肩上抗，
"八音响"[2]就在袖筒里藏。
——枪子儿颗颗都压定，
指头按在枪机上。

指头按在枪机上。
耳听着，黄河里，
呼啦呼啦流水响……

黄河激，黄河险，
阵阵的大浪直往船边掀！

不要急啊，不要怕，
头一支船上站着他；
别担忧呵，别发愁，
咱们前边有老刘；
不要慌啊，不要忙，
我们给刘军长相跟上！

刘志丹啊，刘志丹……
你不见：老刘就在船头上站——
扎扎胡[3]、瘦瘦脸，
抿住嘴角不言传。
头上的红星闪闪亮，

[1] "马拐"，马枪。
[2] "八音响"，土造手枪的一种。
[3] "扎扎胡"，刘志丹同志蓄有短髭，老百姓称为扎扎胡。

浪头在他脚下翻……
他的眼睛火样明，
直瞅定河东那一边。

瞅定河东边，
悄悄不言传，
他的心宽似平川——
平川上快马行千里，
老刘的计划可周全。

要打三交镇，
再进汾河川，
抗日的大旗要插遍。
不怕白军挡，
不怕黄河拦，
工农红军头顶天！

我们是铁打的一堵墙，
刘志丹是墙上一层钢；
我们是平地一架山，
刘志丹是山上一圪尖。
我们跟老刘一个心——
我们是千千万、万万千、
打不破、碰不烂，
扳不倒、冲不散——
人民的英雄刘志丹！

刘志丹啊刘志丹，
你不见：老刘的眼光猛一转——
好似空中一道闪，
打了闪来要响雷，
刘志丹的命令往下传！

刘志丹的命令往下传，
人抖精神马不安，
"八音响"出袖手中拿，
长枪"马拐"下了肩，
枪子儿颗颗要出膛，
红旗就在暗中展……

……可倒是，还不见月儿还不见星，
又一阵乌云遮在空，
风丝丝还不动呵，
火星星还不明——
咳！风丝丝不动就要动，
火星星不明这就明！

你看那：霎时间，船靠岸，
大船、小船，一支、两支紧接连，
大船头、小船后，
黑压压的人马到岸边，
黄河流水决了口，

波浪滚滚涌向前……

刘志丹啊刘志丹！
千军万马过了河，
先锋部队爬上山。
白军的哨兵消灭掉，
问"口令"：
"——抗日救国英雄汉，"
"哪部分？"
"——工农红军刘志丹！"

刘志丹啊刘志丹，
黄河挡不住，
高山防不严；
刘志丹啊刘志丹，
英雄挺胸站，
西北红半边；
刘志丹啊刘志丹，
过黄河，马加鞭，
军号响，炮声喧；
——从今后，踏破河东千里地，
红旗飞过万重山！
…………

1944年，初稿于延安
1946年，东山坡改成

青竹竿，穿红旗

青竹竿，穿红旗
一阵狂风遍地起！
逮住儿皇帝，
拔了太阳旗，
双脚跳出活地狱！

系红领，扎红带，
一心迎接红军来，
先打满洲里，
后进四平街，
红军来了大门开！

高粱叶子哗啦啦，
血海深仇"九一八"。
那年十四的人，

如今二十八，
爹娘的冤仇要报答！

松花江，滚滚流，
十四年苦罪活受够。
我是中国人，
为什么做马牛？
从今后三千万人民要出头！

1945年8月，延安

拥护八路军

青天　蓝天　这样蓝的天
叫声啊　老乡　听分明
八路啊　军来　爱护老百姓
军民啊　合作　大家一条心
这是什么　人的队伍　上前线
这个就是　坚决抗战的　八路军
老百姓来　也要帮助　八路军
赶走那个　日本鬼子　享太平

胜利进行曲

看呵，我们胜利的旗帜迎风飘扬，
看灿烂的太阳升在东方，
嗨嗨，四万万人民欢呼歌唱，
那伟大的毛泽东领导我们走向解放！

（副歌）
呵！我们可爱的祖国呵祖国，
从今天已打破那封建的枷锁。
再不能忍受那寒冷饥饿，
我们要过那民主和自由新的生活！

是谁？能够阻挡那黄河的万里奔流？
谁能阻挡我们前进的脚步？
嗨嗨，百万大军向前进攻，

这首进行曲1945年10月作于张家口，原题为《民主建国进行曲》，李焕之作曲。
1948年修改。

那万恶的反动派——封建和独裁就要灭亡！

（副歌）
呵！我们可爱的祖国呵祖国，
从今天已打破那封建的枷锁。
再不能忍受那寒冷饥饿，
我们要过那民主和自由新的生活！

走呵，我们团结在民主的旗帜下，
来建设我们人民的新国家，
平地上盖起高楼大厦，
那广阔的土地上四面八方开遍鲜花！

（副歌）
呵！我们可爱的祖国呵祖国，
从今天已打破那封建的枷锁。
再不能忍受那寒冷饥饿，
我们要过那民主和自由新的生活！

一 开差走了

芦花公鸡叫天明，
脑坪^[1]上哨子一哇声。
打上行李背上包，
咱们的队伍开差走了。

满地的露水满沟的雾，
四十里平川照不见路。
荞麦开花十里红，
二十里路上歇一阵。

崖上下来了老妈妈，
窑里出来了女娃娃，

---

[1]脑坪，窑顶上，山坡。

长胡子老汉笑开啦，
拦羊娃娃过来啦。

老妈妈手捧大红枣，
拉住我们吃个饱。
把我们围个不透风，
手拉手儿把话明：

"水有源呀树有根，
见了咱八路军亲又亲。"

"金秫秫[1]开花红缨缨长，
到了前方打胜仗。"

"快快走了快快来，
人要不来信捎来。
山高路远信难捎，
要把你们的心捎到。
快把敌人都打垮，
回来给你们戴红花！"

1945年9月20日，
从延安出发到四十里铺

---

[1]金秫秫，即玉蜀黍。

二　果子香

一早起来这么大的雾啊，
模模糊糊看不见路啊。

老远地
听见驮口的铜铃儿响啊，
一阵阵
闻见了扑鼻的果子香啊。

1945年9月21日，到甘谷驿

三　崖坬上开花

崖坬上开花蝙蝙[1]飞，
崖坬底下长流水。

崖坬底下长流水，
拦羊娃娃哨梅笛儿[2]。

梅笛哨得如流水，
梅笛哨的拦羊曲儿。

羊儿壮来羊儿肥，

[1]蝙蝙，蝴蝶。
[2]哨梅笛儿，吹笛。

陕北的人民光景美。

1945年9月23日，到禹居

四　当天上响雷

当天上响雷咯啦啦，
满沟里下雨活洒洒。
军衣淋得湿漯漯，
唱歌唱得咯哇哇！

雨里遇见个老人家，
他家就住郭家塔
老人家年纪五十八，
身上背着百来斤花 [1]。

棉花重来路又滑，
跌倒在地实难爬。
我们上前搀起他，
替他把花背回家。

雷声阵阵响，
雨点阵阵大！
一步一步
　看见了前边郭家塔。

---

[1]花，即棉花。

"就到啦,

就到啦,

　前面就是我的家!"

老汉拉住我们不肯放,

推开窑门让进了家。

先点一把火,

后烧一锅茶,

热炕上坐定把话拉。

1945年9月24日,到郭家塔

五　到清涧

三十里细雨二十里风,

转过山岇到了清涧城。

清涧城头高又高,

前十年红旗城头上飘!

前十年红旗城头上飘,

后十年老百姓光景好。

谁不知清涧出石板?

大街上铺的平展展。

走过了大街转过弯，
大队人马进兵站。

兵站安在"进士第"，
"培远堂"前把脚洗。

进士门第风雨打，
咱们同志笑话它！

进士门第高又高，
黑漆金匾掉下了。

进士门第低又低，
我把旧社会一脚踢！

1945年9月25日，清涧

六 满堂川

满堂川啊，满堂川，
太阳照得红艳艳。

枣儿红啊，梨儿圆，
谷米秋秋长满山。

拦羊娃娃唱曲哩，
对对羊儿喝水哩。

天上有云彩地下有花，
满堂川的娃娃爱他的家。

1945年10月3日，过满堂川

七 羊儿卧

白格生生的羊儿青石板上卧，
八路军开步桥上过。

羊儿吃得草青青，
八路军为的老百姓。

1945年10月4日，贺家坪

八 枣儿红

一路上的枣儿属上这垯的红，
陕北的女娃属上这垯的俊。

扛上长杆打红枣，
对对姐妹对对笑。

大队的八路军开步走，
大把的红枣塞进手。

"吃我的红枣不要钱，
嘴里吃了心里甜。"

"吃你的红枣我记账，
流水账写在枪尖上。"

"消灭了敌人勾了账，
回来再闻你枣花香！"

1945年10月5日，吴堡

九 看见妈妈

满地的鸡娃叫咕咕，
老婆婆跪在当院簸桃秫。

糠皮皮落到她头发里，
汗珠珠洒到她簸箕里。

看见老婆婆脸上笑，
我的心里咚咚跳。

这婆婆的眉眼好熟惯，

好像在哪里见过面?

看前身好像是妈妈样,
看后影好像是亲娘!

眼前好像一场梦,
一脚踏进自家门!
…………

提起家来家乡远,
三千里外,隔水又隔山。

十四上离了自家门,
十六岁参加了八路军。

还记得那太阳落西山,
还记得那灶火冒青烟。

还记得满地的鸡娃叫咕咕,
还记得妈妈在院里簸桃秫。

还记得糠皮皮落到妈妈头发里,
还记得妈妈的汗珠落到簸箕里。

还记得我离家那一晚,
油灯直点到捻子干。

妈妈手拿棉花纺不成线，
泪水打得棉线断。

第二天她把我送出家门外，
我从那越走越远不回来。

…………

啊，可怎么今天回了家，
又看见自己亲妈妈！

妈妈啊，手里的簸箕快放下，
你看啊，儿子今天回来啦！

"年轻的八路军你认错了人，
擦干眼泪你看清！"

哦！年轻的八路军认错了人，
擦干眼泪，我啊，我看清：

我姓贺来她姓陈，
她原是本地的老百姓。

咳，妈妈呵，说我错认我没错认，
叫我看清我早看清。

人模样虽有千千万，
模样不同心一般！

八路军啊，老百姓，
本就是母子骨肉亲。

哪一棵桃秫不结子？
哪一个穗穗不连根？

为了爹妈不受穷，
为了我们要翻身；

庄子里才出了我们扛枪的人，
土地上生长了我们八路军。

黑天白日打敌人，
千山万水向前进！

一天换一个地方扎，
一天就回一次家！

一天就回一次家，
一天一回看妈妈！

看见妈妈笑吟吟，

两手就能举千斤。

看见妈妈笑呵呵，
铁打的堡垒也冲破。

为了妈妈生和死，
水里来了火里去！

为了妈妈死和生，
烂了骨头也甘心！

1945年10月3日，郝家坪

十 黄河畔

黄河畔，高高山，
高高山上一圪尖，
圪尖上站定一只鹰，
眼望东方盼天明。

头上顶天河，
脚下踏黄河；
千里黄河波浪涌，
万里风云耳边过……

乌云揭开东方红，

眼望东方大叫两三声！

大叫几声双展翅，
今天飞向河东去。
万里长城挂明灯，
千里路上插红旗！

1945年10月5日，黄河畔

十一 过黄河

风卷黄河浪，
一片闹嚷嚷，
大队人马来到河畔上。

船尾接船头，
船头接船尾，
艄公破水把船推。

人马上了船，
艄公收了纤，
吆喝一声船儿离了岸。

艄公扳转桨，
船儿调转头，
呼啦啦排开顺水流。

船到河当中，
人心如拉弓，
七尺的大浪直往船边涌！

老艄稳稳站，
小艄用力扳，
声声吼叫震响万丛山。

青山高千丈，
太阳明晃晃，
赤身子的小艄站在船头上。

老艄眼瞅定，
胡采飘在胸，
他的那口号如军令。

黄河五千年，
天下第一川，
河上的风浪他熟惯。

扳过了大浪头，
大船靠了岸，
船头上跳下我们英雄汉。

头顶火烧云，

脚踏河东地，
五尺大步走向胜利去！

1945年10月5日，碛口

十二　临南民兵

清格朗朗的流水兰格英英的山，
山前里一片大枣园。

东边一个塔来西边一个塔，
羊肠小路穿在当隔拉[1]。

村名就叫双塔村，
临南县里它有名。

绿叶里藏的枣儿红，
枣林里藏的众英雄。

人民的英雄是真英雄，
临南的民兵八百名。

八百条好汉集中受训练，
要上前方去参战！

[1]当隔拉，中间的意思。

射击投弹埋地雷，
各样的武艺都学会。

刺枪好比猛虎斗，
冲锋好像鱼儿游。

埋地雷好像龙戏珠，
投弹好像狮子滚绣球。

繁峙县有个摩天岭，
民兵的本领比它高三分。

西楚的霸王力气大，
比不上咱们民兵脚指甲。

武器拿在人民的手，
神担忧来鬼发愁。

前半月打了回离石城，
一声春雷遍地惊。

三五八旅英雄将，
临南民兵配合上。

大水漫了搁浅的船，
离石城叫咱围了个严。

离石的城墙五丈高，
顽固的敌人守得牢。

头一回冲锋没攻下，
接连着又把命令发。

第二道命令往下传，
民兵又把梯子搬。

一排炮打破了半拉城，
咱们的人马往里涌！

搁浅的船儿裂了缝，
水满船舱往下沉。

守城的敌人缴了枪，
跑走的叫民兵消灭光。

民兵和战士肩并肩，
小伙子个个都勇敢。

英雄的故事传遍河东地，
小杨树见了民兵也敬礼。

姑娘们给英雄献瓜果，

我给英雄们唱赞歌。

唱一阵歌来拉一阵话，
"太原城里再会吧！"

1945年10月9日，双塔村

送参军

一

鸡冠花开花满院子红，
因为你参军我光荣。

鸡冠花开花红满院，
咱俩同意心情愿。

二

咱麦地里没有那扎扎草，
你不当那样的"草鸡毛"[1]。

咱家麦地里没有那蒲萝蔓[2]，
我不当拉尾巴的把你缠。

年轻的男人当了"草鸡毛"，

---

[1] "草鸡毛"，北方讥语，胆怯的人。
[2] 蒲萝蔓，一种蔓生的野草。

羞不羞来臊不臊?

年轻的媳妇落了拉尾巴的名,
大伙的言语一阵风。

三

嘴唇贴在碗边上,
端起饭碗想一想。

贼羔子过来抢饭碗,
翻身的人们怎么办?

"草鸡毛"见了炕洞里藏,
英雄见了拿刀枪!

一盏明灯对面照,
咱俩的思想打通了。

四

七月的高粱先打苞,
第一个你就把名报。

一脚跳到台子上,
对着乡亲们把话讲。

东风刮得云往西，
人人的眼睛瞅着你。

你当火车头你挂钩，
全村的青年跟你就伴走。

风刮杨树叶哗哗响，
人人冲你拍巴掌！

我顺着人缝瞅一瞅，
心里高兴说不出口。

五

十八面大鼓二十四面钗[1]，
对对铜锣亮洒洒。

锣鼓当当震翻天，
大旗飘飘在头前。

里八层来外八层，
街上人们围得不透风。

村长给你拉上马，

---

[1]钗，即铜钹。

指导员给你戴上花。

隔着人堆我挤不上去，
大伙儿关心不用我结记。

六

马上的红绸迎风飘，
年轻的英雄们上马走了！

马蹄子踩得咯哒咯哒响，
尘土扬在大道上。

三十匹走马三十个人骑，
一般的模样我认不出了你。

瞅着人影慢慢小，
瞅着瞅着走远了。

心里喜欢脸上笑，
谁还有那些个眼泪往外掉？

七

马前的道路马后的土，

你只管向前莫退后。

一根鞭子你手里拿，
你别忘了夜黑价[1]那句话。

心思使在那枪头上，
力气用在那刀尖上。

为了土地、庄田、爹娘还有我，
你勇敢打仗没有二话说！

1947年2月16日，冀中郝家庄

---

[1]夜黑价，意即昨天晚上。

笑

大雪飘飘，
大雪飘飘，
一阵北风
撕开了满天的棉花桃！
棉花桃
搂头盖顶往下落啊，
往下落！

好一个快活的农民翻身年呀，
你脚踏北风，
身披鹅毛，
满面红光，
欢天喜地来到了！

奔谁来呀？

奔我来。

——张老好啊,

我知道。

我迎出你大门外,

我迎上你人行道……

啊,耀眼的红灯!

震耳的鞭炮!

啊,东边"吹歌"[1]响,

西边锣鼓敲!

——这不是你吗?

你放羊的刘大采;

还有你呀,

当"善友"[2]的孙二嫂;

你,老明——咱农会主席;

你,三成——咱贫农代表;

…………

穷哥儿们呀,

好啊,好!

过年好!

——这是咱们的翻身年啊!

---

[1] "吹歌",河北民间乐队组织,或作"吹歌会"。

[2] "善友",地主女仆。

盘古开天辟地到如今，
这是头一遭！

张老好呵，
我笑，我笑！
我哈哈笑！

我笑得那石头裂开了嘴，
我笑得那大树折断了腰，
我笑得那刘三爷门前的旗杆
喀喳一声栽倒了！

"好子大伯，怎么啦？
疯了？傻了？
怎么一个劲儿地这么笑？"

怎么一个劲儿地这么笑？
孩子们啊，
眼前的这一桩奇景你瞧瞧：

那秋后的大麻，
叫人家把根削了，
把皮剥了，
水里浸了，
火里烧了，
沤了，烂了，焦了。

……一年两年过去了。
千年万载过去了。

啊！猛然间，
雷声响！——
天开了，
冰消了！
梦也梦不见的
春天来到了！
眼睁睁地，
它又发了芽，
它又长了苗！
绿油油的叶儿一"扑棱"[1]，
红登登的花儿迎风摇！
——我张老好啊，
受苦受罪的张老好，
啼哭了一辈子的张老好，
水里沤，火里烧，
喘不上气的张老好，
今天啊，翻了身了！

"热到三伏，
冷在中九，
活泼拉拉春打六九头。"

---

[1] "扑棱"，形容植物枝叶茂盛的状态。

孩子们呵，
到了咱笑的节气了，
到了咱笑的年月了。

看着你，我笑，
看着他，我笑；
看着我的家，我的房；
看着我的锅，我的灶；
看着我一家大和小；
我笑啊，我笑！
我怎么能不笑？

……这一旁，
我的媳妇罗白面；
那一边，
我的老伴把饺子包。
她东间转，西间跑，
搁下担杖拿起筲 [1]，
又忙拉风箱，
又忙把火烧，
左手才把笼揭开，
右手又掂切菜刀……
哈哈！看着看着，
我又笑。

---

[1] 筲，水桶。

老婆子，
我笑的是你呀！
小心点，
别叫热气熏坏了眼，
别叫灶里的火苗烧坏了你那衣裳角！

呃，怎么啦?
谁又惹你不高兴：
平白无故，
你的脸色怎么改变了?
你低下了头，
弯下了腰，
泪珠子怎么又要往下掉?

咳！老娘们呀，别价了，
你思想的事儿我知道。
准又是你那个——
"苦根根呀苦苗苗，
受苦受罪的张老好，
咱给刘三爷扛活三十年，
熬白了头发累折了腰，
卖了咱那亲生女，
手提篮儿把饭要，
星星出呀星星落，
做梦也想不到有今朝！"

是的呀，老婆子，
这就是"翻身"呀，
这就是咱们的世道。

唔，小孙子，去，
把咱门上的对子，
给你奶奶念叨念叨，
大声点，告诉她——
"土——地——改——革——
农——民——翻——身——"
告诉她啊，这都是，
咱们共产党来领导！

可是呀，小孙子，
你也别笑话你奶奶啊，
要知道，
难过的日子，
叫你爷爷奶奶受完了，
好过的日子
叫你赶上了！
走吧，跟爷爷出去，
看看咱那才分的十五亩地，
——看看咱那"马兰道"[1]。

"马兰道"呀"马兰道"，

[1] "马兰道"，地块名。

你的主人我来了!
你看我围着你走,
你看我围着你绕,
三百二十单八步,
一十五亩,
分厘也不少。

"马兰道"呀,
你是我的命根子,
有了你,
我从今后日子过得好,
再不怕他活阎王刘三毛!

刘三毛呀,
叫咱扳倒了,
受苦的汉子挺起了腰!

······呃,巧!
可怎么"说着曹操,
曹操就到?"

"啊,那不是刘三爷吗?
怎么狐皮风帽也不要了?
羔皮马褂也不罩了?
出门也不吩咐老好把车套了?"

"咳……好子叔……
您别……别逗笑……"

呸！我吐你一口！
你也会"叔"长"叔"短啦？
你改了你那老调啦？
怎么？还想不想叫我给你
磕头下跪，
端屎捧尿？
还想不想再逼我去卖亲生女，
再逼我三尺麻绳去上吊？

——告诉你吧，不行啦！
变了天啦！
你的那"荣华富贵"过去了，
这人们的"光明世界"来到了！

穷哥儿们呀，
时候到了：
该走的走了，
该来的来了。

花到如今——
该开的开了，
该落的落了。

事到如今——
该哭的哭了，
该笑的笑了。

弟兄们呵，
笑吧，笑！
哈哈笑！
让咱们男男女女，
老老少少，
翻了身的穷人一齐笑！

大采，
快把咱街上的红灯点着，
看咱们
"翻身"灯，
"解放"灯，
"胜利"灯，
"光荣"灯……
一盏两盏、千盏万盏一齐照！

三成！
叫咱"吹歌会"的好把式们
好好地吹来好好地闹！
吹出来，
咱们的
"快活"调，

"幸福"调,

"自由"调,

"团圆"调……

一番两番、十番百番,

吹他个红花满地落!

喂!

把咱那大鼓大铙,

也抬出来,

用劲地敲!

咳!把咱那大喇叭筒

也拿出来,

走上广播台,

大嗓地叫!

——普天下的人们呀,

都听着:

天翻了个了,

地打了滚了,

千百万穷汉子站起来了!

——亲爱的毛主席呀,

您听着:

只因为有了您,

咱们的苦罪再也不受了,

幸福的日子来到了!

——什么比海深呵?

什么比天高?

毛主席的恩情比海深呀,

受苦人的力量比天高!

——我们是,

千千万、

万万千,

环结环、

套结套,

紧又紧、

牢又牢,

铁打的长城心一条!

挑起大红旗呵,

吹起震天号!

踢开活地狱呵,

踏上光明道!

消灭他千年老封建,

推翻他蒋介石小王朝,

看咱们:

刨他的根,

挖他的苗!

迎着大狂风,

架起大火烧!

叫他在风里啼哭，
叫他在火里喊叫，
叫他们今天
在咱们脚下死掉!

我们抬头，
我们大笑!
笑啊，笑!
哈哈笑!
千人笑!
万人笑!
笑他个疾风暴雨，
笑他个地动天摇!
笑他个千里冰雪开了冻，
笑他个万里大海起了潮!

1947年2月，冀中束鹿郝家庄

平汉路小唱

这个电灯光，明又亮，
阵阵的欢笑，又鼓掌。
庆祝胜利大团圆呀，
朋友们还有同志们挤满一堂。
未曾上台我心高兴，
止不住开口要把歌来唱。

这个紧打板儿来慢敲鼓，
开口要唱咱平汉路。
从北平到郑州，
郑州过去是汉口。
从南到北三千里，三千里啊，
步步都是咱们工人修。

《平汉路小唱》这首词由曲作家张鲁同志谱曲。

平汉路修成，三十多年，
当年的小伙，如今白了头。
红灯、绿灯，它来回地转，
工人们的血汗不住地流。
人养路来路不养人，路不养人啊，
工人的苦罪可就没有头。

国民党来了这几年，
刮干了咱们血和肉。
工人哪个能穿暖哪，
谁能喝饱两顿粥？
大人饿着还能忍，
孩子哭来好难受。

这平汉路，成了贫寒的路，
工人贫寒，可就无出路。
上班做工真困难，
失业流落在街头。
提壶卖水还算好，
上街要饭谁收留？

这琉璃河，成了流泪的河，
眼泪还比那河水多；
这长辛店，成了伤心的店，
伤心的事儿可就说不完……
掐着指头天天盼，

多咱才是得救的那一天?

嗨! 炮声响啊天地惊,
解放军来了北平城!
解放了那门头沟、石景山、涿州、良乡、长辛店,
平汉全段都解放,太阳出来晴了天!

好比火车进了站,
咱们的苦罪已经受完……
从今后咱们有工作,有吃穿,
保护工厂加油干。
天津、北平、南京、上海都解放,
人民的天下稳如山。
平汉路再也不贫寒,
自由幸福万万年!

1949年, 长辛店

张大嫂写信

太阳落山红烧霞，
张大嫂背着柴转回家，
路过自己的菜园地，
顺手摘了一朵朝阳花。

朝阳花开花朝太阳，
张大嫂心里想起了他——
男人参军去打仗，
朝阳花开花时候离开的家。

这么多的日子没有见面，
心里头倒有许多的话。
坐在炕上低头想……
噗嗒一声，朝阳花儿掉在地下。

《张大嫂写信》这首词由曲作家李群同志谱曲。

张大嫂这就把那主意定，
写一封书信寄给他。
擦着了"洋火"点上了灯，
手里又把那笔来拿。

这几年张大嫂学了文化，
写一封书信可难不住她，
写得快来如走马，
写得慢来如绣花。

先写上男人的名字叫"德云"，
下添上"亲爱的同志"称呼他：
"见我的信来如见人，
见我的字来如见话。

"我问你在前方怎么样？
是不是功臣榜上又把名来挂？
不知你是不是入了党？
又戴过几朵光荣花？

"家里的情形我对你讲：
样样都好你别牵挂，
土地改革咱分了地，
咱比旁人多分三亩八。

"因为你参军上前线，
光荣匾就在咱家门上挂，
因为你为人民去立功，
村里的优待真不差。

"因为你寄回了报功单，
报功大队来到家，
响锣打鼓好热闹，
好像我那一天过门到你家。

"长号短笛迎着我吹，
红花绿叶向着我撒，
喜得大杨树也鼓掌，
乐得那喜鹊叫喳喳！

"调皮的妹妹拉着我的手，
叫我向大伙儿来讲话，
我说了句'努力生产……学习你……'
你说我还能说什么？

"可不是？我今年生产不算坏，
还和咱妹妹比赛学文化，
这一封书信就是我亲笔写，
有一些错字你别笑话。

"……啊，千言万语我写不尽，

一盆难栽万朵花。
写到最后还有一点，
你别忘了临走的晚上那句话：

"想着你啊，想着你！
雷打火烧不变卦，
我的心为你上了锁，
钥匙在你手中拿。

"嘴里头时时把你的名儿念，
心里头天天把你的模样画——
我念你功劳上头加功劳，
我画你英勇前进把敌杀。

"我叫你彻底消灭反动派，
我叫你保卫咱们的新国家，
保卫咱土地、家乡、高山、大河、好庄稼……
还有这一片金光闪闪的朝阳花。"

张大嫂写罢了这封信，
三星已偏到房檐下。
到明天千里路上捎书信，
解放军在前方收到了它。

啊！为了人民为祖国，
为了土地为了家，

也为了家中亲爱的她，
也为她在我临走时的那句话。

千万英雄向前进，
消灭敌人保卫新国家！
胜利的太阳照万里，
遍地盛开了朝阳花！

　　　　　　1946年12月，山西广灵西加斗村初稿
　　　　　　　　　　1949年，北京修改

回延安

一

心口呀莫要这么厉害地跳，
灰尘呀莫把我眼睛挡住了……

手抓黄土我不放，
紧紧儿贴在心窝上。

……几回回梦里回延安，
双手搂定宝塔山。

千声万声呼唤你，
——母亲延安就在这里！

杜甫川唱来柳林铺笑，

红旗飘飘把手招。

白羊肚手巾红腰带，
亲人们迎过延河来。

满心话登时说不出来，
一头扑在亲人怀……

二

……二十里铺送过柳林铺迎，
分别十年又回家中。

树梢树枝树根根，
亲山亲水有亲人。

羊羔羔吃奶眼望着妈，
小米饭养活我长大。

东山的糜子西山的谷，
肩膀上的红旗手中的书。

手把手儿教会了我，
母亲打发我们过黄河。

革命的道路千万里，

天南海北想着你……

三

米酒油馍木炭火，
团团围定炕上坐。

满窑里围得不透风，
脑畔上还响着脚步声。

老爷爷进门气喘得紧：
"我梦见鸡毛信来——可真见亲人……"

亲人见了亲人面，
欢喜的眼泪眼眶里转。

保卫延安你们费了心，
白头发添了几根根。

团支书又领进社主任，
当年的放羊娃如今长成人。

白生生的窗纸红窗花，
娃娃们争抢来把手拉。

一口口的米酒千万句话，

长江大河起浪花。

十年来革命大发展，
说不尽这三千六百天……

四

千万条腿来千万只眼，
也不够我走来也不够我看！

头顶着蓝天大明镜，
延安城照在我心中；

一条条街道宽又平，
一座座楼房披彩虹；
一盏盏电灯亮又明，
一排排绿树迎春风……

对照过去我认不出了你，
母亲延安换新衣。

五

杨家岭的红旗啊高高地飘，
革命万里起高潮！

宝塔山下留脚印,
毛主席登上了天安门!

枣园的灯光照人心,
延河滚滚喊"前进"!

赤卫军……青年团……红领巾,
走着咱英雄几辈辈人……

社会主义路上大踏步走,
光荣的延河还要在前头!

身长翅膀吧脚生云,
再回延安看母亲!

1956年3月9日,延安

放声歌唱

一

无边的大海波涛汹涌……
啊，无边的
  大海
   波涛
    汹涌——
生活的浪花在滚滚沸腾……
啊，生活的
  浪花
   在滚滚
    沸腾！
啊啊！是何等壮丽的景象——
我们祖国的
  万花盛开的

大地，
　　光华灿烂的
　　　　天空！
你，在每一天，
　　　　在每一秒钟，
　　都展现在
　　　　我的眼前
　　　　　　和我的
　　　　　　　　心中。
我的心
　　和着
　　　　马达的轰响，
　　　　　　和青年突击队的
　　　　　　　　脚步声，
　　　　是这样
　　　　　　剧烈地
　　　　　　　　跳动！
我
　　被那
　　　　钢铁的火焰，
　　　　和少先队的领巾，
　　照耀得
　　　　满身通红！
汽笛
　　和牧笛
　　　　合奏着，

伴送我

　　和列车一起

　　　　穿过深山、隧洞；

螺旋桨

　和白云

　　环舞着，

　伴送我

　　和飞机一起

　　　飞上高空。

……我看见

　　星光

　　　和灯光

　　　　联欢在黑夜；

我看见

　朝霞

　　和卷扬机

　　　在装扮着

　　　　黎明。

春天了。

　又一个春天。

黎明了。

　又一个黎明。

啊，我们共和国的

　　万丈高楼

　　　站起来！

　它，加高了

一层——

又一层！

来！我挽着

你的手，

你挽着

我的胳膊，

在我们

如花似锦的

道路上，

前进啊

一程——

又一程！

在每一平方公尺的

土壤里，

都写着：

我们的

劳动

和创造；

在每一立方公分的

空气里，

都装满

我们的

欢乐

和爱情。

社会主义的

美酒啊，

　　　　浸透

　　　　　　我们的每一个

　　　　　　　　细胞，

　　　　　　和每一根

　　　　　　　　神经。

把一连串的

　　　美梦

　　　　　都变成

　　　　　　现实，

而梦想的翅膀

　　　又驾着我们

　　　　　更快地

　　　　　　飞腾……

啊，多么好！

　　　　我们的生活，

　　　　　　我们的祖国；

啊，多么好！

　　　　我们的时代，

　　　　　　我们的人生！

让我们

　　　放声

　　　　歌唱吧！

　　　大声些，

　　　　大声，

　　　　　　大声！

把笔

变成
　　　千丈长虹，
好描绘
　　　我们时代的
　　　　　多彩的
　　　　　　　面容，
让万声雷鸣
　　　在胸中滚动，
好唱出
　　　　赞美祖国的
　　　　歌声！

二

但是，
在我们
　　　万花起舞的
　　　　　花园里，
我看见
　　　花瓣
　　　　　在飘洒着
　　　　　　　露水；
在我们
　　　万人狂欢的
　　　　　人海里，
我看见

那些睫毛的下面
　　流下了
　　　　眼泪……
啊，我知道——
　　最久的
　　　　最深的痛苦，
　　　　　　常常是
　　　　　　　　无声地饮泣。
而最初的
　　最大的
　　　　欢乐，
　　　　　　一定有
　　　　　　　　甜蜜的泪水
　　　　　　　　　伴随!
"……啊，这是怎么回事?
这是谁? ——
　　是他?
　　　　是我?
　　　　　还是你?
……这是在哪里?
　　在我的家?
　　　　我的街道?
　　　　在我们自己的
　　　　　土地? ……"
是什么样的神明
　　施展了

这样的魔力，
生活啊
怎么会来得
这样神奇？——
长安街的
夜景啊
怎么竟这样迷人？
大兴安岭的
林场啊
怎么竟如此美丽？
一片汪洋的
淮河两岸
怎么会
万顷麦浪？
百里无人的
不毛之地
怎么会
烟囱林立？
为什么
沙漠
大敞胸怀
喷出
黑色的琼浆？
为什么
荒山
高举手臂

　　　　捧献出

　　　　　　万颗宝石?

啊，我的曾是贫困而孤独的

　　　　乡村，

　　　　　　　今夜

　　　　　　　　　为什么

　　　　　　　　　　　笑语喧哗?

我的曾是满含忧愁的

　　　　城镇，

　　　　　　为什么

　　　　　　　　灯火辉煌

　　　　　　　　　　彻夜不息?

为什么

　　　那放牛的孩子，

　　　　　此刻

　　　　　会坐在研究室里

　　　　　写着

　　　　　　　他的科学论文?

为什么

　　　那被出卖了的童养媳，

　　　　　今天

　　　　　　会神采飞扬地

　　　　　　　驾驶着

　　　　　　　　她的拖拉机?

怎么会

　　　在村头的树荫下，

那少年漂泊者
　　和省委书记
　　　　一起
讨论着
　　关于诗的问题?
怎么会
　　在怀仁堂里
　　那老年的庄稼汉
　　　　和政治局委员们
　　　　　一起
　　研究着
　　　　关于五年计划的
　　　　　决议?
甘薯啊,
　　为什么这样大?
苹果啊,
　　为什么这样甜?
爱人啊,
　　为什么这样欢欣?
孩子啊,
　　为什么这样美丽?……
啊,第一声
　　由衷的
　　　　笑语,
　　第一口
　　　甘美的

乳汁，

啊，第一次
　　走上
　　　　天安门的台阶，

第一次
　　跨进
　　　　青年作者的选集，

第一架
　　自己的喷气式飞机
　　　　在天空歌唱，

第一辆
　　解放牌汽车
　　　　在道路上奔驶……

啊！我们
　　生命的
　　　　彩笔，

蘸着欢乐的
　　泪水，

在我们的自传
　　和我们祖国历史的
　　　　纸页上，

写着的
　　是千万个：

"第一……

　　"第一……

　　　　"第一……"

而你啊，

  "命运"姑娘，

   你对我们

    曾是那样的残酷无情，

但是，今天

  你突然

   目光一转，

   就这样热烈地

    爱上了我们，

  而我们

   也爱上了你!

而你啊，

  "历史"同志，

  你曾是

   满身伤痕、

    泪水、

     血迹……

今天，我们使你

   这样的骄傲!

  我们给你披上了

   绣满鲜花、

    挂满奖章的

     新衣!

但是，

  为什么?

   为什么?

　　　　　　为什么?
为什么会这样?
　　回答吧,
　　　　这个问题。
当然,
　　这并不是
　　　　什么难题,
　　答案,
　　　　就在这里——
就是
　　他!
　　　　我!
　　　　　和你!
"人民"——
　　我们壮丽的
　　　　英雄的
　　　　　名字!
在中国的
　　神话般的
　　　　国度里,
创造一切的
　　神明
　　　　正是
　　　　　我们自己!
但是,
　　在我们心脏的

炉火中，
在我们血管的
激流里，
燃烧着、
沸腾着的，
却有一个共同的
最珍贵的
元素，
我们生命的
永恒的
活力——
这就是：
党！
我们的党！
党的
血液，
党的
脉搏，
党的
旗帜，
党的
火炬！——
党，
使我们这样地
变成巨人！
党，

带领我们
　　　这样地
　　　　　创造了奇迹!
读吧,
　　念吧,
　　　背诵吧! ——
在我们辽阔的大地上
　　铭刻着的
　　　　就是这个
　　　　　真理,
在我们伟大人生的
　　怀抱里,
　　　隐藏着的
　　　　　就是这个
　　　　　　秘密!

三

……春风。
　　　　秋雨。
晨雾。
　　夕阳。……
……轰轰的
　　　车轮声。
嗒嗒的
　　脚步响。……

啊,《人代会决议》,
　　和新中国地图
　　　　在我手中,
　　党员介绍信
　　　　紧贴着
　　　　　　我的胸膛。
我走进农村。
　　我走进工厂。
我走向黄河。
　　我走向长江。……
五月——
　　　　麦浪。
　　八月——
　　　　海浪。
桃花——
　　　　南方。
　　雪花——
　　　　北方。……
我走遍了
　　我广大祖国的
　　　　每一个地方——
呵,每一个地方的
　　我的
　　　　每一个
　　　　　　故乡!
……在高压线

飞过的
　　　　长城脚下，
在联合收割机
　　　滚动着的
　　　　大雁塔旁，
在长江大桥头的
　　　黄鹤楼上，
在宝成铁路边的
　　　古栈道旁……
我看见
　　　你们——
　　　　　我们古代的诗人们！
你们正站在云端
　　　向我们
　　　　　眺望。
在我们的合唱声中，
　　　传来
　　　　　你们的惊叹声，
在我们的工作服上，
　　　投下
　　　　　你们羡慕的眼光……
呵，我熟读过你们的
　　　《登幽州台歌》、
　　　　《茅屋为秋风所破歌》……
　　　　　那无数美妙的
　　　　　　诗章。

但是，

　　面向你们，

　　　　我

　　　　　　如此的骄傲！

我要说：

　　我们的合唱

　　　　　比你们的歌声

　　响亮！

啊啊……"前不见古人"……

但是，

　　后——有——来——者！

莫要

　　"念天地之悠悠"吧，

莫要

　　"独怆然而涕下"……

"君不见"——

　　"广厦千万间"

　　　　已出现在

　　　　　　祖国的

　　　　　　　　"四野八荒"！

啊，我们的前辈古人，

　　希望啊，

　　　　希望，

　　　　　　希望，

　　梦想啊，

　　　　梦想，

梦想……

而你们何曾想见

今日的祖国

是这样的

灿烂辉煌!

你们的千万支神来之笔啊

怎么能写出

我们时代的

社会主义的

锦绣文章?!

"语不惊人死不休"——

又向哪里

去找

这最壮丽的语句——

"党!"

"我们的党!"

党啊——

我们祖国的

青春

和光荣,

党啊——

我们社会主义事业的

信心

和力量!……

啊！我走进

　　　　　　我的支部。

　　　我走进

　　　　　　我的厂房。

我打开

　　　星光灿烂的

　　　　　　《毛泽东选集》，

我登上

　　　"红旗漫卷西风"的

　　　　　　　山冈。

我踏着

　　　工农红军的

　　　　　　二万五千里足迹，

我翻过

　　　党的伟大史诗——

　　　　　　千山万岭的篇章……

从第一个

　　　共产主义小组，

　　　　　　到今天的

　　　　　　　　我的支部——

我们的党员名单

　　　是何等壮丽的

　　　　　　英雄榜！

我们党的心

　　　和六万万人民的心

　　　　　　结成的联盟，

是何等伟大的
　　　铁壁铜墙！
我听见：
　　我们的大地上
　　　　卷起的
　　　　　　入党宣誓的
　　　　　　　　不息的风暴！
我看见：
　　　千万双手
　　　　　举起的
　　　　　　　入党申请书的
　　　　　　　　　海洋！——
"啊！我们依照
　　　　先烈的榜样，
　　为实现
　　　　共产主义的理想，
让我们
　　把一切
　　　　献给
　　　　　　亲爱的祖国吧！
让我们
　　把一切
　　　　献给
　　　　　　亲爱的党！……"
啊，今天——
　　我们亲爱的党

三十五周岁的
　　　　诞辰——
"七一"！
　　伟大的共和国纪元后的
　　　　第七个
　　　　　"七一"！——
我们又该怎样
　　　十倍地欢呼呵，
　　　　　百倍地
　　　　　　　歌唱？！
但是，
　　　并没有举行
　　　　　盛大的纪念，
　　　并没有
　　　　雷动的掌声、
　　　　　　手臂的森林
　　　　　　　　　出现在
　　　　　　　　　　会场、广场。
……在中南海，
　　　　那一张
　　　　　　朴素的写字台旁，
毛泽东同志
　　　正在起草
　　　　　党的第八次大会的开幕词；
在国务院，
　　　第二个五年计划的建议书上

123

正凝结着

并肩的人影

和午夜的灯光。

在统战部，

党的代表

正和朋友们一起，

倾谈："长期共存，

互相监督"；

在科学艺术大厅，

党的语言

正像春雷一样

唤起：

"百家争鸣"，

正像春风一样

吹开：

"百花齐放"！……

啊！在千万个

矿井

和织布机旁，

煤炭

和布匹的

洪流，

又在突破

定额的

水位；

在千万顷

稻田
　　　　和麦地里，
早稻
　　　和新麦的
　　　　　行列，
　　　正千军万马
　　　　　奔向
　　　　　　粮仓！……
啊啊，正是这样！
在节日里，
我们的党
　　　　没有
　　　　　在酒杯和鲜花的包围中，
　　　　　　醉意沉沉。
党，
　　　正挥汗如雨！
　　　　　工作着——
　　　在共和国大厦的
　　　　建筑架上！
啊啊，正是这样！
党的伟大纪念日，
　　　像共和国的
　　　　　每一个工作日
　　　　　　一样地
　　　　　　　忙碌、紧张。
但是，

在我们忙碌、紧张的
　　　　每一个工作日里，
难道我们不是
　　　每时每刻
　　　　　在纪念着
　　　　　　　我们的党？！
啊，我们共和国的
　　　　　　每一个形象里，
　　　每时每刻
　　　　　都在显现着——
　　　　　　党的
　　　　　　　　历史，
　　　　　　　　　党的
　　　　　　　　　　　光荣
　　　都在活跃着——
　　　　　　党的
　　　　　　　　思想，
　　　　　　　　　党的
　　　　　　　　　　力量。
你听，
　　　你听！——
省港大罢工的
　　　呼号声，
　　　　　在我们的
　　　　　　　鼓风炉里
　　　　　　　　　正呼呼作响，

你看
　　你看！——
南昌起义的
　　　鲜血
　　　　在我们的
　　　　　　炼钢炉中
　　　　　　　正滚滚跳荡！
啊，在农业合作社的
　　麦场上，
　　　正飘扬着
　　　　　　秋收起义的
　　　　　　　　不朽的红旗！
在基本建设的
　　　工地上，
　　　　正闪耀着
　　　　　　延安窑洞的
　　　　　　　不灭的灯光！……
啊！井冈山——
　　　　宝塔山！
　　　　　——我们稳固的基石，
老红军——
　　老八路！
　　　——我们的钢骨铁梁！
这就是
　　我们共和国大厦的
　　　　质量的保证！

这就是

为什么

我们的万丈高楼

会这样的

坚强雄伟

——青云直上！

让科学的最新成就——

示踪原子

来检验

我们的工程吧！

让历史上

我们前辈的奠基者

和后辈的验收员们

来品评我们——

给我们应得的

鉴定

和赞扬！……

啊，请我们光荣的祖先

登上

我们万丈高楼的

楼梯，

让老人家说：

"我们值得骄傲的子孙！

给我们看到了

我们梦想不到的

天堂……"

啊，请我们革命的先烈
　　　　　巡视
　　　　　　　我们的大地，
让他们说：
　　　"我们的鲜血得到了报偿。
　　　　　后来的同志们
　　　　　　　在实现
　　　　　　　　　我们的理想……"
啊，请伟大的马克思、列宁
　　　　　走上
　　　　　　　我们党代表大会的
　　　　　　　　　主席台，
让导师们说：
　　　"我们的预言实现了。
　　　　　社会主义的曙光
　　　　　　　已出现在东方！"
啊，请未来世纪的公民们
　　　　　聚集在
　　　　　　　我们建设的蓝图上，
让孩子们说：
　　　"我们的生活更美丽，
　　　　但是，
　　　　　　毛泽东同志工作的
　　　　　　　那个时代，
　　　　　　给我们开辟的道路
　　　　　　　已经是

　　　　　　　那样宽广……"

啊！公民们！
　　　同志们！
我们的生命
　　　就是活在
　　　　　这样的时代！
我们的双脚
　　　就是踏在
　　　　　这样的道路上！
世上
　　　还有什么
　　　　　更大的
　　　　　　　欢乐
　　　　　　　　和骄傲？！
世上
　　　还有什么
　　　　　更大的
　　　　　　　光荣
　　　　　　　　和力量？！
"我，
　　　中国共产党党员。"
"我，
　　　中华人民共和国公民。"
"我，
　　　社会主义事业的

　　　　建设者。"
"我，
　　　　毛泽东同志的
　　　　　　同时代人。"
啊！假如我有
　　　　一百个大脑啊，
我就献给你
　　　　一百个；
假如我有
　　　　一千双手啊，
我就献给你
　　　　一千双；
假如我有
　　　　一万张口啊，
我就用
　　　　一万张口
　　　　　　齐声歌唱！——
歌唱我们
　　　　伟大的
　　　　　　壮丽的
　　　　　　　　新生的
　　　　　　　　　　祖国！
歌唱我们
　　　　伟大的
　　　　　　光荣的
　　　　　　　　正确的

党！！

四

而现在，
　　在我的
　　　　献给祖国、
　　　　　　献给党的
　　　　　　　　诗篇里，
我要来歌唱，
　　关于：
　　　　我——
　　　　　　我自己。
呵，
　　"我"，
　　　　是谁？
　　我呵，
　　　　在哪里？
……一望无际的海洋，
　　　海洋里的
　　　　　一个小小的水滴，
一望无际的田野，
　　田野里的
　　　　一颗小小的谷粒……
——我啊，
　　　一个人

有什么

意义？

为什么

要把我自己

提起？

……一个寒冷的黑夜。

在一间

漆黑的

茅屋里：

一块残缺的

炕席，

一把破烂的

棉絮——

我，

生下来了……

我的

第一声

呼喊，

唤起

母亲的

连声叹息：

"天呵！

叫我怎么养活呵——

这个可怜的小东西？……"

……在一片荒凉的土地上。

一个

　　　　可怕的

　　　　　　　天气!

刮着——

　　　　大风,

　　　　　　　下着

　　　　　　　　　大雨。

我,

　　奔跑着,

　　　　　　　奔跑着……

　　　　跌倒在

　　　　　　　泥水里,

　　　　　　　　　怎么

　　　　　　也爬不起……

我的慌乱的眼光,

　　　　迎着

　　　　　　父亲的

　　　　　　严厉呵斥:

"看你! 就是这个样子!

　　命里注定:

　　　　　　一辈子不会有

　　　　　　　　什么出息! ……"

啊! 我亲爱的母亲!

现在,

我已经
　　　　三十二岁。
父亲呵，
　　　　你看！
我
　　　　站在
这里！——
　　　　在这
　　　　　　镰刀锤头和五星
　　　　　　　　交相辉映的
　　　　　　　　　　旗帜下，
　　　　在我们亿万人
　　　　　　肩并肩、臂挽臂
　　　　　　　　前进的
　　　　　　　　　　行列里！
我啊
　　　　在党的怀抱中
　　　　　　长大成人，
　　　　我的
　　　　　　鲜红的生命
　　　　　　　　写在这
　　　　　　　　　　鲜红旗帜的
　　　　　　　　　　　　皱褶里。
祖国啊，
　　　　你给我
　　　　　　无比光荣的名字：

　　　　　　"公——民"，
党啊，
　　　你给我
　　　　　至高无上的称号：
　　　　　　　"同——志"！
我的工作：
　　　为祖国
　　　　　劳动
　　　　　　　和歌唱，
我的誓词：
　　　"为共产主义
　　　　　奋斗
　　　　　　　到底！"
啊，在党委组织部的
　　　　　档案袋中，
　　　我的眼睛
　　　　　正闪闪发光，
　　　在人民共和国的
　　　　　公民簿上，
　　　我的头
　　　　　正高高地
　　　　　　　昂起！
我啊，
　　　和我们的
　　　　　毛主席
　　　　　　　一起

　　　　　　　呼吸，
我啊，
　　　和我的同志们
　　　　　一起攀登
　　　　　　　共和国大厦的
　　　　　　　　　阶梯。
在祖国
　　　千里江山的
　　　　　画图中，
　　　有
　　　　　我的身影！
在万里晴空的
　　　明镜里，
　　　　　映照出：
　　　　　　　我面前的道路，
　　　　　是
　　　　　　　这样的
　　　　　　　　　壮丽！……

啊，也许
　　　　白发的积雪
　　　　　　　将会淹没
　　　　　　　　　我的头顶，
　　　也许
　　　　岁月的河流
　　　　　　将会冲去

我许多的记忆，
但是，我
永远地
　　永远地
　　　不会衰老，
因为，你——
　　党啊
永远地……
　　永远地
　　　在我心里！

我的少年先锋队的孩子们啊，
　让你们的红领巾
　　飘拂着
　　　　远航的白帆，
　千百次地
　　从我的眼前
　　　　闪过吧！
　我祝福你们，
　　但是，
　　　　并不叹息——
　　说在我的
　　　少年流浪的
　　　　　道路上，
　有多少回
　　饥渴、

眼泪、

　　伤寒、

　　　　疟疾……

我的共青团员兄弟们啊，

　　让你们的

　　　　显微镜片

　　　　　　和毕业证书，

　　千百次地

　　　　在我的面前

　　　　　　闪耀吧！

　　我羡慕你们，

　　　　可是，

　　　　　　并不妒忌……

啊！……

在那座

　　倒坍的文昌庙

　　　　隐蔽的

　　　　　　角落里，

我，

　　和我的小伙伴们，

　　　　躲过

　　　　　　三青团的

　　　　　　　　狗眼，

　　在传递着

　　　　传递着

我们的

"火炬"——

啊，我的

《新华日报》[1]，

我的

《大众哲学》[2]，

我的

《解放周刊》[3]，

我的

《活跃的肤施》[4]！……

——"决定吧？！"

——"决定了！！"

"我们

到'那边'去！——

到

我——们——的

延——安——去！"……

啊，我的共和国的千百万母亲啊，

在每一分钟内，

有多少个婴儿

诞生在

你们的怀抱里！

---

[1]《新华日报》，当时党在国民党统治区出版的机关报。
[2]《大众哲学》，艾思奇著。
[3]《解放周刊》，当时出版的党刊。
[4]《活跃的肤施》，当时流行的报道延安的小册子。肤施，即延安。

而我的
　　真正的生命，
　　　　就从
　　这里
　　　　开始——
在我亲爱的
　　延河边，
　　　　在这黄土高原的
　　　　　　窑洞里！
啊，我睁开
　　　　初生婴儿的眼睛，
　　　　　　推开
　　　　　　　窑门——
　　"同志，请问：
　　　　　干部处
　　　　　　是不是
　　　　　　　在这里？"
"啊，欢迎你，
　　小鬼！
　　　　到延安来
　　　　　参加革命……
　　好。
　　　　在这张登记表上
　　　　　写上吧，
　　　　　　你的名字、
　　　　　　　履历

一会儿，
　　　到管理员同志那里
　　　　　去领
　　　　　　　你的碗筷。
　你的军装
　　　要'三号'的，
　　——唔，不过裤脚
　　　　　还得卷起……"

啊！现在，我的祖国啊，
　你把千斤的重担
　　　千百次地
　　　　　放在我的肩头吧，
　我要说：
　　　我能够
　　　　　担得起！
即使有
　再凶恶的病毒
　　　向我扑来，
也不会
　把我
　　　摧毁！
因为
　我是吃了
　　　延安的小米饭
　　　　　长大的啊，

我喝过了
　　流过枣园和杨家岭 [1] 的
　　　　延河的
　　　　　　奶汁! ……

啊，现在，
我的老同志!
　　我听见:
　　　　你的声音
　　　　　　又从山沟里
　　　　　　　　响起来——
"同志们!
日本人又在敌后
　　抢粮了……
边区周围，
　　胡宗南
　　　　又增加了兵力——
是的，咱们的粮食，
　　　又有些困难，
从今天起，
　　　我们要吃
　　　　　稀的。
不过，这点困难，
　　　‘呀呀唔’ [2] 哟，

---

[1]枣园，延安时代党中央书记处所在地；杨家岭，党中央委员会所在地。
[2]"呀呀唔"，当时老红军干部的口头语，意即小意思，不值一谈。

　　　　——比起我们

　　　　　　在雪山、草地

……倒是你，

　　　　顶得住吗？

　　　　　　小鬼？"

——啊！

　　　——我！

"我吗？

　　　我保证：

　　　　　没有问题！"

"好！把我的这半碗，

　　　　分给你。

吃饱吧！

饭后，

　　　我们要开

　　　　　五坰荒地！

注意，手别打泡。

准备好

　　　笔记。

下午的课——

　　　毛主席的

　　　　《中国革命战争的战略问题》……"

啊，我的欢乐的大地！

现在，

在你的白天，

响起

多少美妙的歌声，

在你的夜晚，

有多少幸福的小公民

睡在

温暖的摇篮里！

让我

也给我的小女儿

唱起催眠歌来吧……

但是，我

怎么能不

又回到

延河边的

那些夜里？ ——

啊！好冷！

可是，

又多么的

甜蜜！……

杨家岭的灯火啊，

在风雪中

闪亮，

闪亮……

风，

卷着刮断的冰柱，

正向

这里的门窗

敲击。

啊，用口里的热气

呵着

笔尖，

在工作着！

他啊——

我们的

毛主席！……

而我，

和我的同志们

睡在

我们的窑洞里。

一个黑影，

走进来——

悄悄地

悄悄地……

伸向我

他的冰冷的

手指。

"唔，是你！"

——我们的

教员同志：

"怎么，又冻醒了吧？"

"不，不是……

……我是在想，

在想，

小组会的讨论：

关于

克服

非无产阶级的意识……

还有，

我，

想写

一首诗……"

"但是，小鬼，

你要睡觉啊！

给你这个，

——我的这件

破大衣。

这样捆起来，

非常暖和。

这办法，

是我在监狱里

发明的，

现在，

我教给你……

……好……睡吧。

躺进去。

合上眼皮。

马上，

你就会走进

走进

———'社会主义'……"

啊！现在，
　　　　在我的眼前——
　　　　　　出现了！
天——安——门
　　　你啊
　　　　在这里！……
共和国的
　　　惊天动地的
　　　　　礼炮，
　　　　　　　响起来！
　　　　　　　　响起来！
五彩缤纷的
　　　礼花，
　　　　　高高地
　　　　　　升起！
　　　　　　　升起！
在我们
　　　浩浩荡荡的
　　　　　欢腾的
　　　　　　　人海里，
我，
　　走来了，
　　　　打着我的
　　　　　　红旗！……

"啊，去吧，

　　　　　我的孩子！

　　　　　　　我的战士！

北京，

　　　在等候你……"

我的母亲——延安，

　　　把十三斤半的背包，

　　　　　　放在

　　　　　　　　我的肩头，

　　　把马兰纸的

　　　　　《整风文献》

　　　　　　和《七大决议》，

　　　　　　　放在

　　　　　　　　　我的口袋里：

"是的，任务

　　　非常艰巨，

但是，你们将在

　　　　那里

　　　　　　胜利会师。

代我问候

　　　我日夜想念的

　　　　　天安门吧，

告诉她说

　　　你们是

　　　　　延安来的！"——

啊，我就是

这样地来了，
在母亲延安
跷脚远望的
目光里……

啊，黄河的怒涛，
是怎样地
冲击着
我的胸膛！……
啊，张家口的烟火，
是怎样地
烧红
我愤怒的眼泪！
啊，大平原的
清算、土改的风暴，
是怎样地
卷起
我沸腾的血液！
啊，华北战场的
枪林弹雨，
是怎样地
撕碎
我层层的军衣！……
啊啊！我就是这样地
来了！
和我的同志们，

从四面八方

从各个战场，

我们相逢

在这里！

让我们

用胜利者的手臂，

搂抱得

更紧些，

更紧些呵！

让眼泪的喜雨

湿透我们的

这第一套

节日的新衣！

啊，让你的

沾满尘沙的皱纹

在这欢呼的潮水中

飘荡吧，

让我的

早生的白发，

扑打

这胜利的红旗！……

但是，现在——

我的老战友们啊！

我们不能

在昆明湖的画舫里

谈笑得太久；

我的红领巾们啊，
我不能
　　在回音壁下，
　　　　再一次
　　向你们讲说
　　　　我过去的回忆！
就在我们
　　呼吸着的
　　　　现在——
　　　　　　这
　　　　　　　　一秒钟里，
啊，我们革命的战马，
　　　　在社会主义的征途上
　　　　又
　　　　　　远去千里！
——从雅鲁藏布江边的"林卡"，
　　　　到萝北草原的荒地，
　　有多少消息
　　　　报告着：
　　　　　　"完成……"
　　　　　　　"完成……"
而我们的千万种计划书啊，
　　又伸出手来，
　　　　指着
　　　　　　我们的大地——
　　向我们

千呼万唤:

"开始呵!

开始! ……"

啊，我的

新鲜的

活跃的

忙碌的

生命!

饱饮

共和国每一个早晨的

露珠,

沾满

我们的新麦

和原油的

香气,

我啊,

前进,

前进!

永不停息。

啊，我知道:

我们共和国的道路

并不是

一马平川,

面前,

还有望不断的

千沟万壑，

头上，

还会有

不测的

风雨……

迎接我的啊

还有无数

新的

考验，

而灰尘

和毒菌

还会向我

偷袭。

但是，我亲爱的党啊！

请你相信——

你曾经

怎样地

带领我

走过来的，

我仍会

怎样地

跟随你

走向

前去！

啊！让延河的水

在我的血管里

永远

奔流吧!

让宝塔山下的

我的誓言

永远活在

我的骨髓里!

我们的未来时代啊,

请你把我

用"延安人"的名义,

列入

我们队伍的

名单里!

你将会证明;

我——

祖国和党的

一个普通的儿子,

一个渺小的

"我自己",

在这里

有着

何等的意义!

啊!让我

高举

献给祖国、

献给党的

诗篇,

走向

亿万人的

心里……

从亿万人的

口中——

赞美我们

亿万个

"我自己"——

啊，我!

我的——

我们，

我们的——

啊! 我，

——是这样的

谐和

统一!

这是党

为我们创造的

不朽的

生命，

是祖国大地的

无敌的

威力!

啊!

未来的世界，

就在

我的
　　　　手里！
在
　　我——们——的
　　　　　手里！

五

啊！我亲爱的
　　　　祖国！
啊！我亲爱的
　　　　党！
我就是这样
　　献给你
　　　　我的歌声，
我就是这样
　　加入
　　　我们时代的
　　　　　合唱。
杨家岭礼堂的声音
　　永远在
　　　　耳边回响，
我的心
　　紧贴着
　　　　天安门的红墙……
啊，给你——

我们心中的

熊熊烈火；

啊，给你——

我们血管里

燃烧的岩浆；

给你——

我们生命的

滚滚黄河；

给你——

我们青春的

浩浩长江……

但是，

在语言的波涛中，

最好的一滴

献给你呵——

"明天！"

——啊，我们的祖国，

"明天！"

——啊，我们的党！

我们

高举

你光荣的

旗帜，

前进，

在社会主义——共产主义的

大路上！

让我们

　　踏破

　　　　未来年代的

　　　　　　每一道

　　　　　　　　门槛吧，

让我们

　　推醒

　　　　一九五七年——

　　　　　　沉睡的

　　　　　　　　朝阳！

——啊，今天

　　多么美丽！

　　　　多么好！

但是，

　　这

　　　　还不够！

　　明天呵，

　　　　必须

　　　　　　那样！

啊，我们——

　　　　共和国的建设者！

让我们

　　更快地

　　　　为我们的大地

　　　　　　更换新装！

啊，我们——

共和国的保卫者，
让我们的臂膀
更加有力，
让我们警惕的眼睛
更加明亮，
守卫着呵——
我们的
边疆
和道路，
天空
和海洋！
让我们社会主义的
大鹏鸟，
风云万里
振翅飞翔！
啊！更快地
更快地
成长起来——
我们的
钢铁
和石油的基地，
更快地
更快地
打开啊，
我们大地的
无尽宝藏！

啊，让我们的

　　　　辽阔的

　　　　　　田野，

　　　　更好地

　　　　　　扬花吐穗，

让我们

　　科学和智慧的

　　　　星群，

　　发出

　　　　更灿烂的光芒！

让我们的

　　五年计划，

　　　　再一个

　　　　　　五年计划，

　　　　　　　　跟踪而来，

让我们的

　　生产进度表，

　　　　万箭齐发——

　　那红色的箭头

　　　　射向

　　　　　　更远的前方！

来吧！

　　　远方的客人——

　　　　你们：

　　　　　一九五九、

　　　　　　　一九七九……

请登上

天安门

观礼台，

请坐在

我们党委会的

旁听席上——

看吧，惊奇吧！

我们

将会这样

神速地

越过

你们居住的地方！

来吧！

世界各地的

朋友们！

请你们

访问

我们的：

井冈山、

宝塔山

和天安门吧，

请你们

访问

你们要去的地方……

看吧！评论吧！

这就是

我们
　　　　革命的
　　　　　　　道路，
这就是
　　　我们
　　　　　前进的
　　　　　　　力量！
这就是
　　　我们——
　　　　　中国！
啊！这就是
　　　　我们的
　　　　　　党！
就是这样，
　　　我们六亿五千万人的
　　　　　革命大军
　　　　　　　在前进，
就是这样，
　　　用我们的双手
　　　　　在实现
　　　　　　我们的理想！
啊啊！——
让我们
　　　更响亮地
　　　　　歌唱吧！
让我们的歌声

飞向

今天和明天

世界上的

一切地方！

胜利啊——

人民！

胜利啊——

社会主义！

胜利啊——

我们伟大的

祖国！

胜利啊——

领导我们前进的

党——！

1956年6—8月，北京

三门峡歌

三门峡——梳妆台[1]

望三门，三门开：
"黄河之水天上来"！
神门险，鬼门窄，
人门以上百丈崖。
黄水劈门千声雷，
狂风万里走东海。

望三门，三门开：
黄河东去不回来。
昆仑山高邙山矮，
禹王马蹄[2]长青苔。

---

[1]三门峡下不远，有巨岩，如梳妆台状，故名"梳妆台"。
[2]三门之一"鬼门"岩上，有石坑，状如马蹄印，相传为大禹跃马遗迹。

马去"门"开不见家，
门旁空留"梳妆台"。

梳妆台啊，千万载，
梳妆台上何人在？
乌云遮明镜，
黄水吞金钗。
但见那：辈辈艄公洒泪去，
却不见：黄河女儿梳妆来。

梳妆来呵，梳妆来！
——黄河女儿头发白。
挽断"白发三千丈"，
愁杀黄河万年灾！
登三门，向东海：
问我青春何时来？！

何时来呵，何时来？
——盘古生我新一代！
举红旗，天地开，
史书万卷久等待。
大笔大字写新篇：
社会主义——我们来！

我们来呵，我们来，
昆仑山惊邙山呆：

展我治黄万里图，
先扎黄河腰中带——
神门平，鬼门削，
人门三声化尘埃！

望三门，门不在，
明日要看水闸开。
责令李白改诗句：
"黄河之水'手中'来"！
银河星光落天下，
清水清风走东海。

走东海，去又来，
讨回黄河万年债！
黄河女儿容颜改，
为你重整梳妆台。
青天悬明镜，
湖水映光彩——
黄河女儿梳妆来！

梳妆来呵，梳妆来！
百花任你戴，
春光任你采，
万里锦绣任你裁！

三门闸工正年少，

幸福闸门为你开。
并肩挽手唱高歌呵，
无限青春向未来！

中流砥柱[1]

（一）

啊，不是怀古。
我来三门峡，
　　　　脚踏禹王跃马处。
看黄水滚滚，
　　　　听钻机突突。
使我
　　满眶
　　　　　热泪陡涨，
　　周身
　　　　　血沸千度！
啊啊！
三门峡上——
　　　紧握
　　　　　开天辟地
　　　　　　　英雄手臂，
三门峡下——
　　　见万古不移

---

[1]三门峡下，河心急流中，有巨石矗立，即为自古传说之"中流砥柱"。

中流砥柱!

（二）

啊，古往何处?
急流万马来，
　　　往古英雄计无数:
看漫天烽火，
　　　听动地鼙鼓。
遥指
　　　长城
　　　　　千里揭竿……
　　　井冈
　　　　　红旗飞舞!
啊啊!
古往今来——
　　　多少
　　　　　惊风破浪
　　　　　　　英雄人物，
黄河中流——
　　　竖万古不朽
　　　　　民族脊骨!

（三）

啊，今日非古!
红旗下井冈，
　　　一改江山古画图!

看黄河新妆，
　　听雷霆脚步！
我唤
　　古人
　　　　梦中惊起
　　长叹
　　　　英雄不如！
啊啊！
五千年来——
　　谁见
　　　　工人阶级
　　　　　　天工神斧？！
万里一呼——
　　为社会主义
　　　　立擎天柱！

1958年3月

桂林山水歌

云中的神啊，雾中的仙，
神姿仙态桂林的山！

情一样深啊，梦一样美，
如情似梦漓江的水！

水几重啊，山几重？
水绕山环桂林城……

是山城啊，是水城？
都在青山绿水中……

啊！此山此水入胸怀，
此时此身何处来？

……黄河的浪涛塞外的风，
此来关山千万重。

马鞍上梦见沙盘上画：
"桂林山水甲天下"……

啊！是梦境呵，是仙境？
此时身在独秀峰[1]！

心是醉啊，还是醒？
水迎山接入画屏！

画中画——漓江照我身千影，
歌中歌——山山应我响回声……

招手相问老人山[2]，
云罩江山几万年？

——伏波山下还珠洞[3]，
宝珠久等叩门声……

鸡笼山一唱屏风开，
绿水白帆红旗来！

[1]独秀峰，在桂林市中心。孤峰一柱，拔地而起。
[2]老人山，及下文中的鸡笼山、屏风山，均在桂林市区，因状得名。
[3]还珠洞，有老龙谢情还珠神话，本诗转意借用。

大地的愁容春雨洗，
请看穿山 [1] 明镜里——

啊！桂林的山来漓江的水——
祖国的笑容这样美！

桂林山水入胸襟，
此景此情战士的心——

是诗情啊，是爱情，
都在漓江春水中！

三花酒 [2] 兑一滴漓江水，
祖国啊，对你的爱情百年醉……

江山多娇人多情，
使我白发永不生！

对此江山人自豪，
使我青春永不老！

七星岩 [3] 去赴神仙会，
招呼刘三姐啊打从天上回……

---

[1]穿山，在桂林市南郊。峰顶有巨大圆形洞口，洞穿露天，状似明镜高悬。
[2]三花酒，桂林名酒。
[3]七星岩，桂林最著名岩洞之一。传说歌仙刘三姐在此洞中赛歌，后化石成仙。

人间天上大路开，
要唱新歌随我来！

三姐的山歌十万八千箩，
战士啊，指点江山唱祖国

红旗万梭织锦绣，
海北天南一望收！

塞外的风沙啊黄河的浪，
春光万里到故乡。

红旗下：少年英雄遍地生——
望不尽：千姿万态"独秀峰"！

——意满怀呵，情满胸，
恰似漓江春水浓！

啊！汗雨挥洒彩笔画：
桂林山水——满天下！……

1959年7月，旧稿
1961年8月，整理

千层浪啊，
　　　万层浪！
六万万个浪头
　　汇成这
　　　　惊天的海洋！
啊，浪在涌，
　　　　潮在涨！
　　高千丈，
　　　　高万丈！……
——看啊，
在我们
　　九百六十万平方公里的
　　　　土地上！
啊，浪在涌，
　　　　潮在涨！

旗在飘呵，

　　　　帆在扬！

——看啊，

在今天

　　　一九五八年五月的

　　　　　怀仁堂！

千里风啊，

　　　　万里风！

六万万匹战马

　　　一起

　　　　　　撒开了缰绳！

响应

　　　毛主席的

　　　　　伟大号令，

无边大地

　　　踏踏踏踏

　　　　　一片马蹄声……

看

　　　东风

　　　　　满高楼，

　　　红旗

　　　　　满天空！

马列主义的

　　　彩笔

　　　　　挥动：

天上——地下，

今天——明天，

祖国无限江山

都在

画图中！

啊，是谁？

在地上，

又在天上？

——啊！我们！

啊，谁呀？

是人，

又是"神"[1]？

——啊！我们！

看

五千年的

白发，

几万里的

皱纹，

一夜东风

全吹尽！

红旗、

红马、

红色的心——

看今日的英雄——

[1]毛主席在党的八大二次会议上的讲话中号召破除迷信，解放思想，用形象化的语言说：在另一星球上的人（假设有的话）看来，我们生活在地球上的人，就成了在天上的"神"了。

千千万万
　　　　红色少年人!
啊，在怀仁堂，
　　　　在代表们的
　　　　　　　席位上，
激荡的
　　　波浪，
　　　　　闪耀着
　　　　　　　朝霞的红光。
一千多只手臂
　　　举起
　　　　　六万万双手臂的
　　　　　　　力量，
　　　欢呼
　　　　　毛主席的讲话，
　　　升起来
　　　　　总路线的
　　　　　　　太阳! ——
"鼓足干劲，
　　　力争上游，
　　　　　多快好省地
　　　　　　　建设社会主义。"
好啊!
　　　我们伟大史诗的
　　　　　更新的一章!
走我们

　　　　自己的道路，
沿着
　　　　毛主席
　　　　　　指引的方向。
啊，插红旗，
　　　　　　　　辨风向；
跨黄河，
　　　　过长江！——
请看，
　　　　我们
　　　　　　六万万个胸膛——
　　　　　　　　正麦浪滚滚！
　　　　　　哪一片不打
　　　　　　　　千斤粮？！
请看，
　　　　我们
　　　　　　六万万个心脏——
　　　　　　　　正热血沸腾！
　　　　　　哪一个不能
　　　　　　　　三槽出钢？！
啊，开天辟地的盘古
　　　　　　已经
　　　　　　　　老态龙钟，
治理九水的大禹
　　　　已经
　　　　　　眼花耳聋。

"啊，休息吧，
　　　　你老人家……"
"啊，不！
我们要为
　　　今日的英雄
　　　　　牵马坠镫！
让我们也来吧，
　　　在炼钢炉旁
　　　　　当一名
　　　　　　　徒工……"

啊，在伦敦，
　　　在华盛顿，
那条
　　　资本主义的破船
　　　　　早已
　　　　　　　千疮百孔！
艾森豪威尔
　　　那个重病号
　　　　　已快要
　　　　　　　昏迷不醒！——
"哎呀！……哎呀！……
可怕呀，
　　　烧起来了！
　　　　　亚、非、拉……
　　　　　　　冲天的大火！

可怕呀，

    大翻身了！

        红色的

            东方巨龙！

哎呀！哎呀！

    救命呵……救命！……"

哈哈！

今日的世界

    就是

        这般光景。

啊，小小的

        阴影，

    大大的

        光明！

        ——就是我们这颗

            美妙的行星！

喂，我们的近邻啊，

        ——火星！

让你们的

    天文学家，

        向我们

            对准

                天文观测镜——

看吧！记录吧！

——地球：

    黑白分明。

光明——在扩大，

  阴影——在缩小。

变化速度：

  在每一秒钟。

风向：

  东风

   压倒西风！

啊呵！

好啊——我们的地球！

好啊——我们的时代！

好啊——我们的六万万匹

   千里马！

好啊——我们六万万个

   马上的英雄！

啊！让我们

  更快地

   飞奔起来吧，

 踏起千层浪，

  驾起万里风！

 千层浪，

  万里风——

一天，

  二十年的行程！

让地球

  更快地

   转动！

我们
　　　今生事业——
就是把这
　　　可爱的地球
　　　　　　造成一颗
走向
　　　共产主义的
　　　　　　行星！！

　　　　　　　　　　　1958年6月4日

十年颂歌

东风！
　　红旗！
　　　　朝霞似锦……
大道！
　　青天！
　　　　鲜花如云……
听
　　马蹄嗒嗒，
看
　　车轮滚滚……
这是
　　在哪里啊？
——在
　　　　中国！
这是

什么人啊?

——是

我们!

催开

我们社会主义的

驰骋的战马,

前进——

前进!……

推动

我们共和国的

历史的车轮,

飞奔——

飞奔!……

啊,在天安门上,

在五星红旗下。

就从

这里!

出发——

一九四九年

十月一日!

开始了

我们开天辟地的

伟大神话:

啊,红色的

盘古!

啊,人类的

第二个"十月"的——
革命战马!

马头高举,
向东方
滚滚红日,
马尾横扫
西天
残云落霞!

吓慌了
资本主义世界的
"古道——西风
瘦马",
惊乱了
大西洋岸边的
"枯藤——老树
昏鸦"。

一声声的
惊呼,
一阵阵的
咒骂……

杜鲁门
满嘴白沫,
华尔街的走狗们
翘起了
一千条尾巴。
……一万个花招,

十万个计划……
杜勒斯
　　点起朝鲜的战火
　　　　扑向
　　　　　　鸭绿江边,
台湾的洞穴中
　　那群亡命的老鼠
　　　　在日日夜夜地
　　　　　　磨牙……——
但是,
　　这一切
　　　　可奈我何?!
啊! 挡不住
　　历史车轮
　　　　飞向前!
但见那
　　纷纷落叶
　　　　马蹄下……
从
　　一九四九,
到
　　一九五九!
世界的历史啊
　　又发生了
　　　　何等的变化!
西风

渐渐变小，
东风
　　阵阵强大！
啊，在我们的大地上——
我们
　　六万万五千万人民，
　　　　马不停蹄！
　　　　　　人不解甲！
一步——
　　一个脚印！
一个脚印——
　　一片鲜花！
一天——
　　　　二十年的行程！
十年——啊，
　　　一个
　　　　　崭新的天下！
看！
我年轻的共和国！
你
　　身披
　　　　灿烂的锦绣，
满怀
　　　胜利的鲜花！
一手——
　　挥动神笔，

一手——
　　　扬鞭催马！
东海上——
　　　天山下：
一穷二白的
　　　辽阔土地上——
洋洋洒洒，
　　　画出多少
　　　　　　最新最美的
　　　　　　　　图画！
天苍苍呵，
　　　野茫茫——
一刹那
　　　迎天接日
　　　　　　升起来
多少
　　　山连海涌的
　　　　　　高楼大厦？！
看吧！
　　　看吧！——
看不完的
　　　麦山稻海，
望不尽的
　　　铁水钢花……
四时春风
　　　吹万里江河

冰消雪化，
中秋明月
　　照进多少
　　　　幸福人家？！
啊，姑娘
　　又得了
　　　　　红旗，
老人
　　减少了
　　　　白发。
"社会主义好呵，
　　　社会主义好……"——
这就是托儿所里
　　孩子们的
　　　　歌声；
"我们的青春，
　　　献给祖国……"——
这就是树荫下，
　　爱人们的
　　　　知心话。……
啊，伟大的祖国，
　　　　伟大的人民——
　　怎么能不
　　　　干劲冲天？！
无边的天空，
　　无边的土地——

怎么能不

　　处处飞花？！

啊！让帝国主义

　　　　反动派

　　　　　痛心疾首吧！

让他们

　　顿足捶胸

　　　　去咒骂……

他们

　　骂啊，

因为他们

　　怕！

他们的时光

　　不久了，

历史的画廊

　　定要扯下——

他们那幅

　　破烂的

　　　　图画。

而我们的

　　共和国——

　　　　强大的巨人！

高举

"现实"的

　　万里长鞭

挺身站立——
　　　　在天安门上，
满面笑容——
　　　　在五星红旗下！
啊，我的共和国！
　　　　在你的
　　　　　　　　面前——
望不尽呵，
　　　　望不尽……
望不尽的——
东风……
　　　　红旗……
　　　　　　　朝霞似锦……
望不尽的——
大道……
　　　　青天……
　　　　　　　鲜花如云……
我听见
全世界的朋友们
　　　　向你发出
　　　　　　　雷鸣的欢呼，
压倒了
　　　　一切咒骂我们的
　　　　　　　鸦噪犬吠的声音！
大地的春光啊，
　　　　没有辜负

飞来的燕群。
亲爱的共和国啊，
十年来，
　　　你没有辜负
　　　　　朋友们的
　　　　　　　希望
　　　　　　　　　和信任。

今天，
在北京的
　　　一棵高大的
　　　　　松树下，
我又一次
　　　拥抱着
一位
　　　漂洋过海而来的
　　　　　国际友人。
他的脚
　　　穿着一双
　　　　　中国的布鞋，
汗水淋淋的大手
　　　把我
　　　　　搂抱得
　　　　　　　紧紧：
"我永远羡慕——
你

　　一个

　　　　中华人民共和国的

　　　　　　公民！”

啊！我亲爱的

　　　共和国！

你使我

　　多么的

　　　　幸福！

热情的

　　波涛，

爱情的

　　绿荫——

怎么能不

　　充满

　　　　我的心？

九百六十万

　　平方公里的

　　　　江山河海呵，

我爱你的

　　每一尺

　　　　每一寸！

三千六百五十个

　　日日夜夜啊，

我爱你的

　　每一秒

　　　　每一分！

啊，

扯开

我的衣襟！

看我

胸中的

千山万壑，

朝向你——

怎么能不发出

阵阵回音？！

听啊！听！——

"消灭

敌人的碉堡！

前进呵，

同志们！……"——

啊，英雄黄继光的

召唤，

从上甘岭的山顶

响遍

祖国的大地！……

"要听党的话，

永远为祖国

——母亲……"

啊，党的好女儿

向秀丽的

声音，

从珠江边的

烈火中
　　　飞进
　　　　　亿万人的心！……

啊啊！就是这样——
在共和国的大地上，
闪耀着
　　　数不清的
　　　　　英雄形象，
震响着
　　　不朽的
　　　　　英雄的声音！
就是这样，
六亿五千万
　　　英雄的人民，
走过了
　　　十年的道路，
推动着
　　　共和国
　　　　　前进的车轮！
啊！就是这样
　　　扑灭了
　　　　　鸭绿江岸的
　　　　　　　冲天战火……
啊！就是这样，
结束了

西藏高原
　　　千百年来的
　　　　　黑夜沉沉……

啊啊！就是这样啊，
我的共和国！
我怎么能不
　　　千百次地
　　　　　为你歌唱?
　　　千百次地
　　　　　呼唤:
祖国呵——
　　　我们的母亲!
党呵——
　　　母亲的
　　　　　心!
你
　　　使我的
　　　　　每一根血管
　　　都沸腾着
　　　　　无比的干劲,
因为
　　　爱呵——
　　　你的每一片
　　　　　新生的树叶
　　　都使我

热泪滚滚!

啊,为什么

我只能有

一人一身啊?

为什么

我的语言

这样拙笨?

给我呵——

语言的

大海!

给我呵——

声音的

风云!

让我能

在祖国的

每一寸土地上

劳动——歌唱!

让我能

在社会主义的

每一条战线上

战斗——前进!

……今天,

在一个云霞绚烂的

黎明,

我从

祖国的南方,

来到

我们的首都

北京。

我的身上

是倾盆的汗雨，

胸中

是鼓荡的春风。

我带来

海南橡胶林的

白色乳浆，

我的衣服上

落满

武钢二号高炉的

飞迸的火星。

我挽着

湛江新港的

龙门吊车——

那千尺的长臂，

跨过

长江大桥——

那万丈的金龙。

啊，望不尽的

江南三月——

社会主义的

无边美景……

南国红豆啊

199

满含着——
共产主义的
相思的
深情。
啊，我看见：
每一个姑娘的
心中
都是一片
桂林山水……
我看见：
每一个青年的
手掌
都是一座
五指山峰！
来吧！
你百年不遇的
大雨！
来吧！
你十二级的
台风！
看！——
我们社会主义的
"镇海楼"，
——风雨不动！
看！——
千百万英雄人民，

防洪抢险，
——战战成功！
请问啊——
千里灾区何处有？
红旗下——
一片歌声笑声中！
啊！
我的欢笑的
豪迈的
南方！——
共和国啊，
这就是你
一九五九年的
壮丽的
面容！
……现在
我走在北京
朝阳门的
街道中，
我看着
太阳
迎面东升。
我看着你——
我的
共和国！
我周身的热血

怎么能不
　　　　又一次地
　　　　　　沸腾？
我该怎样
　　更好地
　　　　为你歌唱呵，
十倍
　　百倍地
　　　　把你赞颂！
听啊，
共和国的礼炮
　　第十次
　　　　震响
　　　　　　中国的大地，
这惊天动地的礼炮声呵，
　　怎能不激动
　　　　我的心？！
全世界
　　睁大眼睛，
　　　　看见了
六万万五千万
　　"饥寒交迫的奴隶"
　　　　在斗争中长成
何等伟大的
　　巨——人！
无边海洋的

波涛啊，

无限宇宙的

星云，

正向我们

传来

响不断的

回音！

啊，我们十年的

伟大的道路！

我们共和国的

不朽的

青春！

更快地

更快地

催开

我们社会主义的

驰骋的战马吧，

更快地

更快地

推动

我们共和国

历史的车轮！

让帝国主义反动派

索索抖颤吧！

让他们，此刻

从模糊的泪眼中，

偷看一下
　　　我们的
　　　　　　天安门!
让他们
　　　在上帝面前祈祷,
　　　　　去哭一千声
　　　　　　　"阿门……"
而我们
　　　在五星红旗下,
　　　　　欢呼一万声
　　　　　　　"前进"!
我们的青春啊,
　　　还不过
　　　　　正在开始,
而他们的
　　　末日
　　　　　已将要来临!
啊!我的共和国啊——
　　　母亲!
党啊——
　　　我们母亲的
　　　　　心!
在这个伟大节日的
　　　人海里,
我把我的手臂
伸向你——

　　伸向
　　　　　　天安门。
我想对你说——
我会
　　永远地
　　　　活着，
我将会
　　五十次——
　　　　　　一百次地
　　庆祝
　　　　你的诞辰!
在未来的
　　共产主义的
　　　　　地球上，
我永远是
　　一个年轻的公民。
我会
　　辛勤地
　　　　劳动，
在帝国主义的
　　坟地上，
种出
　　一片绿荫。
啊，我将在
　　　　天安门的华表下
带着

　　　　甜蜜的回忆，
向子孙们
　　　　指点：
我们
　　　　跟随毛主席
　　　　　　　走过的脚印，
讲说：
　　　　五十年前
　　　　　　　或者一百年前——
我们共和国
　　　　十周年纪念日
那个灿烂的
　　　　早晨！

1959年9月7日

一

假如现在啊

我还不曾

不曾在人世上出生，

　　假如让我啊

　　再一次开始

　　开始我生命的航程——

在这广大的世界上啊

哪里是我

最迷恋的地方？

　　哪条道路啊

　　能引我走上

　　最壮丽的人生？

面对整个世界，

我在注视。

　　从过去，到未来，
　　我在倾听……
八万里
风云变幻的天空啊
今日是
几处阴？几处晴？
　　亿万人
　　脚步纷纷的道路上
　　此刻啊
　　谁向西？谁向东？
哪里的土地上
青山不老，
红旗不倒，
大树长青？
　　哪里的母亲啊
　　能给我
　　纯洁的血液、
　　坚强的四肢、
　　明亮的眼睛？

让我一千次选择：
是你，
还是你啊
——中国！
　　让我一万次寻找：

是你，
只有你啊
——革命！
生，一千回，
生在
中国母亲的
怀抱里，
活，一万年，
活在
伟大毛泽东的
事业中！

啊，一切
都已经
证明过了……
一切一切啊
还在
证明——
这里有
永远
不会退化的
红色种子；
这里有
永远
不会中断的
灿烂前程！

看步步脚印……
望关山重重……
有多少英雄啊
都在我们
行列中!

　　领我走,
　　教我行……
　　跟上一步啊,
　　一次新生!

……滚滚湘江水呀,
闪闪延河的灯……
使我怎能不
日日夜夜
梦魂牵绕?

　　……上甘岭头雪呀,
　　越秀山下松……
　　使我怎能不
　　千番万回
　　热血沸腾?……
望天安门上
那亲切的笑容——
我的眼里
常含热泪啊,

　　送新战士入伍,
　　听连营的号声——

　　　我的心中
　　　怎能不又
　　　风起云涌？……

我迷恋
我们革命事业的
艰苦长途上——
一个征程
又一个征程！
　　　我骄傲
　　　我们阶级队伍的
　　　生命群山中——
　　　一个高峰
　　　又一个高峰！……

啊！真正地
幸福啊！
　　　何等的
　　　光荣！……
在今天，
我用滚烫的双手
抚摸着
我们的
红旗——
　　　又一次把
　　　母亲的

衣襟
牵动……
让我高呼吧!
看啊,
在我们的大地上,
在党的
摇篮中——
此刻,
又站起来
一个多么高大的
我们的
弟兄!……

二

让我呼唤你啊,
呼唤你响亮的名字,
你——
雷锋!
我看着
你青春的面容,
好像我再生的心脏
在胸中跳动……
我写下这两个字:
"雷、锋"——
我是在写啊
我们阶级的

整个新一代的

姓名；

    我写下这两个字：

    "雷、锋"——

    我是在写啊

    我的履历表中

    家庭栏里：

    我的弟兄。

你的年纪，

二十二岁——

是我年轻的弟弟啊，

    你的生命

    如此光辉——

    却是我

    无比高大的

    长兄！

……我奔向你面前！

带着

母亲给我的教训，

和我对你

手足的深情……

    仿佛一刹那间

    越过了

    千山万岭……

啊！我像是

突然登上泰山，

站立在
日观峰顶……
我看见
海浪滔滔的
母亲怀中——
　　新一代的太阳
　　挥舞着云霞的红旗，
　　上升啊
　　上升！……

……惊蛰的春雷啊，
浩荡的春风——
　　正在大地上鸣响；
　　正在天空中飞行！
一阵阵，
一声声——
　　"雷锋！……"
　　"雷锋！……"
　　"雷锋！……"
道路上的列车啊，
海港里的塔灯——
　　有多少个车轮
　　在传诵啊；
　　有多少条光线
　　在回应……
一阵阵，

一声声——

  "雷锋！……"

  "雷锋！……"

  "雷锋！……"

那红领巾的春苗啊

面对你

顿时长高；

  那白发的积雪啊

  在默想中

  顷刻消融……

今夜有

灯前送别；

  明日有

  路途相逢……

"雷锋……"

——两个字

说尽了

亲人们的

千般叮咛；

  "雷锋……"

  —— 一句话，

  手握手，

  陌生人

  红心相通！……

三

你——雷锋！
我亲爱的
同志啊，
我亲爱的
弟兄……

　　你的名字，
　　竟这样地
　　神奇，
　　胜过那神话中的
　　无数英雄……

你，
我们党的
一个普通党员，

　　你，
　　我们解放军中
　　一个普通士兵。

你的名字
怎么会
飞遍了
祖国的千山万水，

　　激荡起
　　亿万人心——
　　那海洋深处的
　　浪花层层？……

……从湘江畔,
昨日,
那沉沉的黑夜……
……到长城外,
今天,
这欢笑的黎明——
　　雷锋啊,
　　你是怎样
　　度过
　　你短暂的一生?
从日记本第一页上
黄继光的画像……
到领袖题词:
"向雷锋同志学习
——毛泽东"……
　　啊,雷锋!
　　你是怎样地
　　怎样地
　　长成?!……

啊!我看着你,
我想着你……
我心灵的门窗
向四方洞开……
　　……我想着你,
　　我看着你……

我胸中的层楼啊
有八面来风！——

……看昆仑山下：
红旗飘飘，
大江东去……
　　望几重天外：
　　云雾弥漫，
　　风雨纵横……
十万言——
一道
冲云破雾的
飞天长虹！……
　　两个字——
　　中国的
　　一代新人的
　　光辉姓名！……
啊，念着你啊
——雷锋！
　　啊，想着你呵
　　——革命！
一九六三年的
春天
　　使我们
　　如此地
　　激动！——

历史在回答：
人，
应该
怎样生？
路，
应该
怎样行？……

四

……仿佛已经
十分遥远
十分遥远了，
　　——那已过去了的
　　过去了的
　　许多情景……
那些没有光亮的
晚上……
那些没有笑意的
面容……
　　那些没有明月的
　　中秋……
　　那些没有人影的
　　茅棚……
在哪里啊，
爸爸要饭的

饭碗？……

　　在哪里啊，

　　妈妈上吊的

　　麻绳？……

在哪里啊，

云周西村的

铡刀？……

　　在哪里啊，

　　渣滓洞的

　　深坑？……

眼前是：

繁花似海，

高楼如山，

绿荫如屏……

　　耳边是：

　　歌声阵阵，

　　书声琅琅，

　　笑语声声……

睁开回头的望眼——

啊……

春风打从何处起？

朝阳打从何处生？……

　　消退了昨日的梦境——

　　啊……

　　镣铐曾在何处响？

　　鲜血曾在何处凝？

长征路上
那血染的草鞋
已经化进
苍松的年轮……

> 淮海战场
> 那冲锋的呼号
> 已经飞入
> 工地的夯声……

老战士激动的回忆啊，
"我们在听、在听……
但那到底
已是过去的事情……"

> ——少年人眼前的
> 大路小路啊，
> 仿佛本来
> 就是这样
> 又宽、又平……

啊，要不要再问园丁：
我们的花园里
会不会还有
杂草再生？

> 梅花的枝条上，
> 会不会有人
> 暗中嫁接
> 有毒的葛藤？……

我们的大厦

盖起了多少层？

是不是就此

大功告成？

　　　啊，面前的道路、

　　　头上的天空，

　　　会不会还有

　　　乌云翻腾？……

……滚滚沸腾的生活啊，

闪闪发亮的路灯……

面对今天：

血管中的脉搏

该怎样跳动？

　　　什么是

　　　　真正的

　　　　幸福啊？

　　　什么是

　　　　青春的

　　　　生命？

……望夜空，

有倒转斗柄的

北斗……

看西天

有纷纷坠落的

流星……

　　　什么是

　　有始有终的

　　英雄的晚年啊？

　　什么是

　　无愧无悔的

　　新人的一生……

唔！有人在告诉我们：

——过去了的一切

不必再提起了吧！

　　只要闭上眼睛呀，

　　就能看见：

　　现在已经

　　天下太平……

什么"人民"呀，

什么"革命"，

　　　　——这些声音，

　　莫要打搅，

　　他酒兴正酣，

　　睡意正浓……

——今天的生活

已经不同了呀，

需要另外

开辟途径……

　　　　——最香的

　　是自己的酒杯，

　　最美的

是个人的梦境……

但是，且住！
可敬的先生……
收起你们的
这套催眠术吧！
革命——
永远
不会躺倒！
历史的列车——
不会倒行！
请看！
在我们的红旗下：
又是谁？
站起来
大声发言——
忘记过去吗？
不能！
不能！
不能！
因为我是
永远不会忘本的
"饥寒交迫的奴隶"——
中国的
革命的
士兵！

叫我们

那样活着吗?

不行!

不行!

不行!

    因为我是

    站在

    不倒的红旗下,

    前进在

    从井冈山出发的

    行列中!

问我的名字吗?

我的名字……

啊,我们的

名字:

    雷——锋!……

啊,雷锋

就是这样地

代表我们

出现了!……

    ——像朝阳初升

    一样地合理,

    像婴儿落地

    一样地合情!……

雷锋,

对于我们
是这样珍贵，
　　雷锋兄弟啊，
　　为我们赢得
　　亲爱的母亲
　　欣慰的笑容……
让我们说：
"我爱雷锋……"
这就是说：
"我爱
真正的人生！"
　　让我们说：
　　"我爱雷锋……"
　　这就是说：
　　"我要
　　永远革命！"

来啊！让我们
紧紧地挽住
雷锋的
这三条刀伤的手臂吧！
　　让我们
　　把雷锋日记的
　　字字句句
　　在心中念诵……
我们要把

壮丽人生的道路
展出万里!
　　　我们要把
　　　革命的火焰
　　　"烧得通红……"

啊，雷锋!
我紧挽着
紧挽着
你的手臂啊，
　　　我把它
　　　紧贴在
　　　我的前胸……
让我说:
我们是
一母所生——
　　　我们血液的源头，
　　　在"四一二"的
　　　血海里，
　　　在皖南事变的
　　　伤痕中……
　　　早已
　　　几度相逢……
党的双手，
早就在
早就在

把我们的
生命
铸造，
　　　党叫我们
　　　按照历史的行程，
　　　待命出征——
雷锋！
你这一代
新的战斗队啊，
　　　要出现在
　　　新中国——
　　　"早晨八九点钟……"

五

就是这样，
雷锋，
你出发了……
　　　——在黎明前的
　　　一阵黑暗中……
你带着
满身
燃烧的血泪，
　　　好像在梦中一样，
　　　扑向
　　　党啊——
　　　温暖的

　　温暖的

　　　母亲怀中……

……就是这样，

雷锋，

你站起来！

　　接受

　　"共产主义新战士"

　　——党给你的

　　命名。

……就是这样，

雷锋，

你走来了……

你不是

只为洗雪

一家的仇恨；

　　不是为了

　　"治好伤疤

　　忘了疼"……

你来了啊，

不是为

学少爷们那样——

　　从此

　　醉卧高楼，

　　做花天酒地的

　　荒唐梦；

你来了啊，

更不是为
向仇人们鞠躬致敬——
　　　　说是为大家的"安宁"，
　　　　必须
　　　　践踏爹妈的尸骨，
　　　　把难友们的鲜血
　　　　倒进
　　　　老爷的杯中……

雷锋！
你满腔的愤怒啊，
你刻骨的疼痛……
　　　　你对党感激的
　　　　含泪带笑的目光……
　　　　你对新生活
　　　　如饥如渴的憧憬……
全部投入
我们阶级的
步伐——
　　　　化成了
　　　　战斗的
　　　　轰天雷鸣！

啊，雷锋！
你第一次学会的
这三个字，

你一生中
永远念着的
这个姓名——
啊，亲爱的
再生雷锋的
母亲——
我们的
党啊，
我们的领袖
毛泽东!
母亲懂得你
懂得你啊
——雷锋，
你也懂得他
懂得他啊
——伟大的
毛泽东!
你青春的生命
在毛泽东思想的
冲天红光中，
升华……
升华……
你前进的脚步
在《毛泽东选集》的
光辉篇章
那真理的

　　　　阶梯上，
　　　　　攀登……
　　　　　攀登……

雷锋，
我看见
在你的驾驶室里，
那一尘不染的
车镜……
　　　　我看见
　　　　在你车窗前
　　　　那直上云天的
　　　　高峰……
啊，你阶级战士的
姿态，
是何等的
勇敢，坚定！
　　　　你共产党员的
　　　　红心啊，
　　　　是何等的
　　　　纯净、透明！……

雷锋，
你是多么欢乐啊！
在我们灿烂的阳光里，
怎么能不

到处飞起

你朗朗的笑声？

　　你稚气的脸上，

　　哪能找到

　　　一星半点

　　　忧愁的阴影？……

但是，雷锋，

在心灵的深处，

你有多么强烈的

爱啊，

　　又有多么深刻的

　　憎！

爱和恨，

不可分割，

像阴电、阳电一样

相反相成——

　　在你生命的线路上，

　　闪出

　　永不熄灭的火花，

　　发出

　　亿万千卡热能！……

　　……从家乡望城

彭乡长

那慈爱的面孔，

　　到团山湖农场

233

庄稼梢头
那飘动的微风……
……从鞍钢工地
推土机的
卷动的履带，
到烈属张大娘
搂抱着你的
热泪打湿的
袖筒……
啊，祖国亲人的
每一下脉搏，
阶级体肤的
每一个毛孔——
都寄托了
你火一样的热爱，
都倾注了
你海一样的深情……

啊，从黄继光
胸口对面
那射向我们的
罪恶炮筒，
到地主谭四滚子
从地下发出的
切齿之声……
……从营房门口

那假装

磨剪子的

坏蛋，

　　　到躲在角落里

　　　缝补旧梦的

　　　某些先生……

啊，祖国道路上的

每一个暗影，

你哨位上的

每一面的响动——

　　　都使你燃起

　　　阶级仇恨的

　　　不灭的火种；

　　　都紧盯着

　　　你阶级战士

　　　警觉的眼睛！……

　　雷锋啊，

　你虽然不是

　　　在炮火连天的战场上

　　　战斗冲锋，

　在平凡的

　工作岗位上，

　你却是真正的

　勇士啊——

　　　你永远在

高举红旗，
向前进攻！
在我们革命的
万能机床上，
雷锋——
你是一个
平凡的，但却
伟大的——
永不生锈的
螺丝钉！

哪里需要？
看雷锋的
飞快的
脚步！
哪里缺少？
看雷锋的
忙碌的
身影！……
……啊，马上去
给大娘浇地——
现在
麦苗正要返青……
……啊，立刻把
自己省下的存款
寄给公社——

　　　支援
　　　受灾的农民弟兄……
……唔，快准备
给孩子们
讲革命故事——
　　　明天是
　　　队日活动……
　　　……唔，必须把
赶路的大嫂
护送到家——
　　　现在是
　　　夜深，雨大，
　　　路远，泥泞……

啊，雷锋！
你白天的
每一个思念，
你夜晚的
每一个梦境，
　　　都是：
　　　人民……
　　　人民……
　　　人民……
你的每一声脚步，
你的每一次呼吸，
　　　都是：

革命……

革命……

革命……

雷锋，你是

真正的

真正的

幸福啊！

你是何等的

何等的

聪明！

你用我们旗帜一样

鲜红的颜色，

写下了

你短暂的

却是不朽的

历史，

你在阶级的伟大事业里，

在为人民服务的无限之中，

找到了啊——

最壮丽的

人生！

你的生命

是多么

富有啊！

在我们党的怀抱里，

你已成长得
力大无穷！
……可老战友们
总还习惯叫你
"小雷"啊——
你只有
一百五十四厘米
身高，
二十二岁的
年龄……
但是，在你军衣的
五个纽扣后面
却有：
七大洲的风雨、
亿万人的斗争
——在胸中包容！……
你全身的血液，
你每一根神经，
都沸腾着
对祖国的热爱，
而你同时
在每一天，
每一分钟，
念念不忘：
世界上还有
千千万万

受难的弟兄！……
"上刀山！
下火海！……"
——雷锋啊，
在准备着！
风吹来！
雨打来！
——雷锋啊，
道路分明！……

啊！这就是
这就是
一个叫做
"雷锋"的
中国革命战士的
英雄姿态！
这就是
我们的大地
我们的母亲
以雷锋的名义
给历史的
回应——
人啊，
应该
这样生！
路啊，

应该
这样行！……

六

啊！现在……
雷锋——
　　请你一千次、一万次
走遍
祖国的大地吧！
　　　　请你一千声、
　　　　一万声
　　　　把你战斗
　　　　的呼号，
　　　　传遍那
　　　　万里风云的天空！……
在这
无产者大军
重新集结的
时刻，
　　　　在这
　　　　新的斗争信号
　　　　升起的
　　　　黎明……
在我们祖国的
每一个

战场上，
　　　在迎接我们的
　　　每一个
　　　斗争中——
雷锋啊，
在前进！……
带着
我们的骄傲，
　　　带着
　　　我们的光荣……
雷锋
你在我们
军中，
　　　雷锋
　　　你在我们
　　　心中！
雷锋啊，
活着！
　　　雷锋啊，
　　　永生！……

啊！响起来，
响起来，
响起来吧！
　　　——我们阶级大军的
　　　震天号声！

敲起来，

敲起来，

敲起来啊！

　　——我们革命人生的路上

　　这嘹亮的晨钟！……

看，站起来

你一个雷锋，

　　我们跟上去：

　　十个雷锋，

　　百个雷锋，

　　千个雷锋！……

升起来

你一座高峰，

　　我们跟上去：

　　十座高峰，

　　百座高峰！——

　　千条山脉啊，

　　万道长城！……

让我们的

敌人

惊叫起来吧，

　　　关于中国的

　　这最近的情报，

　　他们会说：

　　"不懂，不懂……

这是什么样的
'装置'啊，
　　　　竟然发出
　　　　如此巨大能量的
　　　　热核反应？……"

啊，让我们的
朋友们
感到高兴吧!
　　　　让他们
　　　　骄傲地说：
"这是
毛泽东的战士!
　　　　红色中国的
　　　　士兵!
这是
真正的人啊，
　　　　是中国的
　　　　也是我们的
　　　　弟兄! ……"
啊，让歌手们
歌唱吧，
　　　　登上我们
　　　　新的长城：
"……北来的大雁啊，
你们不必

对空哀鸣，

　　说那边

　　寒霜突降，

　　草木凋零……

　且看这里：

遍地青松，

个个雷锋！——

　　……快摆开

　　你们新的雁阵啊，

把这大写的

'人'字——

　　写向那

　　万里长空！……"

啊，让诗人们

歌唱吧，

　　站在这

　　望海楼上

　　新的一层：

"……那暴风雨中的

海燕啊，

我们

想念你！……

　　你快

　　拨开云雾啊，

　　展翅飞腾！

看天空：

闪电
怎能遮掩?
　　看大地：
　　怎能不
　　烈火熊熊？！"
让我们回答
你的歌声……——
　　"我们昨日
　　鹏程万里；
　　今日又来
　　英雄雷锋！……"

啊！雷锋，雷锋，雷锋啊……
此刻
我念着你，
我唱着你呵……
　　——我有
　　多少愤怒、
　　多少骄傲、
　　多少力量啊，
　　在胸中翻腾！
我不能
远远地
望着你的背影
把你赞颂，
　　——我必须

　　　　赶上前来!
和你
一起啊
　　　　奔向这
　　　　伟大的斗争!

啊，雷锋，
我的弟兄!
不要说
我比你多有
几年军龄啊——
　　　　虽然它使我
　　　　终生难忘，
　　　　一提起呀
　　　　就热血奔流
　　　　热泪常涌……
在你的面前——
我的
好班长啊，
　　　　让我说:
　　　　我还是
　　　　一个新兵……

啊，雷锋，
带我去，
带我去吧!

  ——让我跟上你，
  跑步入列！
  听候每一次的
  队前点名……
让我像你
一样响亮地
回答："到！"
   ——永远站在啊
   我们阶级的
   行列中！……

啊，带我去，
带我去吧！
雷锋！
   ——在今天，
   这风吼雷鸣的时辰，
   让我跟你一样
   把我们的《毛选》
   紧握在手中……
请你辅导我
千百次的
学习！
   ——让伟大的真理啊
   照耀我
   永远新生！……

啊，雷锋！

带我到

哨位上去！

　　——告诉我

　　怎样更快地

　　发现敌情……

啊，雷锋，

带我到

驾驶室里去！

　　——教我

　　把方向盘

　　更好地把定……

……啊，告诉我，

告诉我啊——

　　怎样做好，

　　永不生锈的

　　螺丝钉！……

……教我唱，

教我唱吧——

　　真正唱会啊：

　　"《我是一个兵》！……"

在阶级的事业里：

"我是一个兵！"

　　在祖国的土地上：

　　"我是一个兵！"

在今天、明天

所有的
斗争里：
　　　"我是——
　　　　　——一个兵！……

啊！雷锋……
我不是
一个人啊，
　　　我是在唱
　　　我们亿万人民
　　　内心的激动！
看啊，
奔你来！
学你来！
　　　——我们的大地上
　　　正脚步匆匆！……
十个、
百个、
千万个……
　　　雷锋……
　　　雷锋……
　　　雷锋……
啊，雷锋
就是我们！
　　　我们
　　　就是雷锋！

让我们的敌人
千次、万次地
吃惊吧！……
　　　让我们的朋友，
　　　永远、永远地
　　　高兴！……
让地球的
脑海啊
去思索……
　　　让历史的
　　　航线啊
　　　更加
　　　分明……

啊，现在……
你们——
巴黎公社的
前辈英雄啊，
你们请听：
　　　你们不朽的事业
　　　我们要
　　　永远担承！
我们在
井冈山前，
向你们

保证：

　　　──我们要

　　　子子孙孙

　　　永不变啊，

　　　辈辈新人

　　　是雷锋！……

啊，还有你们──

我国古代的

哲人们，

你们之中

是谁呀？

　　　──"见歧路，

　　　泣之而返"

　　　──竟会痛哭失声……

俱往矣！

俱往矣！……

　　　今天啊，

　　　是何等的不同！

看天安门上──

东方红，

太阳升……

　　　──我们有

　　　伟大的

　　　领袖啊，

　　　我们有

伟大的
群众！……

啊！
看我们
大步前进吧！
　看我们
　日夜兼程！……
怕什么
狂风巨浪？！……
　怕什么
　困难重重！……
哪怕它啊
北风欺我
把我黄河
一夜冰封？
　——我们有
　革命壮志：
　浩浩长江，
　万年奔腾！……
哪怕它啊
山崩海啸，
天塌地倾？
　——我们有
　擎天柱：
　我们的党！

　　　　我们有

　　　　毛泽东思想

　　　　炼成的

　　　　补天石：

　　　　百万——雷锋！……

啊啊！……

响起来——

响起来——

响起来吧——

　　　　我们无产者大军的

　　　　震天的号声！……

敲起来——

敲起来——

敲起来吧——

　　　　我们革命人生的路上

　　　　这嘹亮的晨钟！……

伟大的斗争，

在召唤啊——

　　　　全世界的弟兄，

　　　　一起出征！……

前进啊——

　　　　我们的

　　　　红旗！……

前进啊——

　　　　我们的

革命！……

前进！——

前进啊！

——我们的弟兄！！

——我们的雷锋！！！

让我们

向历史

宣告吧——

在我们

这伟大战斗的

决心书上；

已写下了

我们

伟大的姓名：

我们——

雷锋；

雷锋——

保证：

敌人必败！

我们必胜！

我们必胜啊！

我——们——

必——胜——！！！

1963年3月31日

西去列车的窗口

在九曲黄河的上游，
在西去列车的窗口……

是大西北一个平静的夏夜，
是高原上月在中天的时候。

一站站灯火扑来，像流萤飞走，
一重重山岭闪过，似浪涛奔流……

此刻，满车歌声已经停歇，
婴儿在母亲怀中已经睡熟。

在这样的路上，这样的时候，
在这一节车厢，这一个窗口——

你可曾看见：那些年轻人闪亮的眼睛
在遥望六盘山高耸的峰头？

你可曾想见：那些年轻人火热的胸口
在渴念人生路上第一个战斗？

你可曾听到啊，在车厢里：
仿佛响起井冈山拂晓攻击的怒吼？

你可曾望到啊，灯光下：
好像举起南泥湾披荆斩棘的镢头？

啊，大西北这个平静的夏夜，
啊，西去列车这不平静的窗口！

一群青年人的肩紧靠着一个壮年人的肩，
看多少双手久久地拉着这双手……

他们啊，打从哪里来？又往哪里走？
他们属于哪个家庭？是什么样的亲友？

他啊，塔里木垦区派出的带队人——
三五九旅的老战士、南泥湾的突击手。

他们，上海青年参加边疆建设的大队——
军垦农场即将报到的新战友。

几天前，第一次相见——
是在霓虹灯下，那红旗飘扬的街头。

几天后，并肩拉手——
在西去列车上，这不平静的窗口。

从第一天，老战士看到你们啊——
那些激动的面孔、那些高举的拳头……

从第一天，年轻人看到你啊——
旧军帽下根根白发、臂膀上道道伤口……

啊，大渡河的流水啊，流进了扬子江口，
沸腾的热血啊，汇流在几代人心头！

你讲的第一个故事："当我参加红军那天"；
你们的第一张决心书："当祖国需要的时候……"

"啊，指导员牺牲前告诉我：
'想到啊——十年后……百年后……'"

"啊，我们对母亲说：
'我们——永远、永远跟党走！……'"

第一声汽笛响了。告别欢送的人流。

收回挥动的手臂啊，紧攀住老战士肩头。

第一个旅途之夜。你把铺位安排就。
悄悄打开针线包啊，给"新兵们"缝缀衣扣……

啊！是这样的家庭啊，这样的骨肉！
是这样的老战士啊，这样的新战友！

啊，祖国的万里江山！……
啊，革命的滚滚洪流！……

一路上，扬旗起落——
苏州……郑州……兰州……

一路上，倾心交谈——
人生……革命……战斗……

而现在，是出发的第几个夜晚了呢？
今晚的谈话又是这样久、这样久……

看飞奔的列车，已驶过古长城的垛口，
窗外明月，照耀着积雪的祁连山头……

但是"接着讲吧，接着讲吧！
那杆血染的红旗以后怎么样啊，以后？"

"说下去吧，说下去吧！
那把汗浸的镢头开啊，开到什么时候？"

"以后，以后……那红旗啊——
红旗插上了天安门的城楼……"

"以后，以后……那南泥湾的镢头啊——
开出今天沙漠上第一块绿洲……"

啊，祖国的万里江山！……
啊，革命的滚滚洪流！……

"现在，红旗和镢头，已传到你们的手。
现在，荒原上的新战役，正把你们等候！"

看，老战士从座位上站起——
月光和灯光，照亮他展开的眉头……

看，青年们一起拥向窗前——
头一阵大漠的风尘，翻卷起他们新装的衣袖！

……但是现在，已经到必须休息的时候，
老战士命令："各小队保证，一定睡够！"

立即，车厢里平静下来……
窗帘拉紧。灯光减弱。人声顿收。……

但是，年轻人的心啊，怎么能够平静？
——在这样的路上，在这样的时候！

是的，怎么能够平静啊，在老战士的心头，
——是这样的列车，是这样的窗口！

看那是谁？猛然翻身把日记本打开，
在暗中，大字默写："开始了——战斗！"

那又是谁啊？刚一入梦就连声高呼：
"我来了！我来了！——决不退后！……"

啊，老战士轻轻地走过每个铺位，
到头又回转身来，静静地站立在门后。

面对着眼前的这一切情景，
他，看了很久，听了很久，想了很久……

啊，胸中的江涛海浪！……
啊，满天的云月星斗！……

——该怎样做这次行军的总结呢？
怎样向党委汇报这一切感受？

该怎样估量这支年轻的梯队啊？

怎样预计这开始了的又一次伟大战斗？

……戈壁荒原上，你漫天的走石飞沙啊，
……革命道路上，你阵阵的雷鸣风吼！

乌云，在我们眼前……
阴风，在我们背后……

江山啊，在我们的肩！
红旗啊，在我们的手！

啊，眼前的这一切一切啊，
让我们说：胜利啊——我们能够！

…………
…………

啊！我亲爱的老同志！
我亲爱的新战友！

现在，允许我走上前来吧，
再一次、再一次拉紧你们的手！

西去列车这几个不能成眠的夜晚啊，
我已经听了很久，看了很久，想了很久……

我不能、不能抑止我眼中的热泪啊，
我怎能、怎能平息我激跳的心头？！

我们有这样的老战士啊，
是的，我们——能够！

我们有这样的新战友啊，
是的，我们——能够！

啊，祖国的万里江山、万里江山啊！……
啊，革命的滚滚洪流、滚滚洪流！……

现在，让我们把窗帘打开吧，
看车窗外，已是朝霞满天的时候！

来，让我们高声歌唱啊——
"……鲜红的太阳照遍全球！……"

1963年12月14日，新疆阿克苏

又回南泥湾

——看话剧《豹子湾战斗》

"信天游"啊，不断头，
回回唱起来热泪流！

唱延河啊，想延安，
连想带梦南泥湾……

铃声响，大幕开——
今晚又回延安来！

好熟的路啊，好亲的山，
亲山熟路豹子湾……

这一面红旗这一杆号，
咱们的红一连上来了！

手里的镢头肩上的枪，
惊天动地脚步响！

梢林里的火焰万丈高，
世世代代啊都看到！

昨天开荒多少亩？
——革命头前万里路……

南泥湾的夜晚啊这样美，
为革命吃苦甜滋味……

这一架纺车这一根线，
千年万年永不断……

一双草鞋半袋米，
闪亮的红心我认得你！

好亲的话语好旺的火，
火苗上的目光望着我……

望我的心啊，看我的手——
枪支、镢头该没丢……

团长一声把"小鬼"叫，
猛然间我的心里怦怦跳！

恍惚他走到台下来，
又帮我系好草鞋带……

……掌声起，雷声响——
看团长还在那火堆旁。

台上台下二十年，
我身旁坐着我们司令员。

二十年前后几代人？
我怀中坐着女儿红领巾。

司令员低声问这下一代：
"你将来编在第几排？……"

几代人啊，同堂坐——
毛主席还给咱上这一课！

主席的思想啊，南泥湾的路，
斗争永远不闭幕……

司令员拉住我和女儿的手：
"咱们的路啊，就是这样走！"

这样走啊，这样行！——

波涛翻滚在我胸……

塔里木的麦浪啊江南的风，
南泥湾的号声响不停！

……我和司令员紧相跟，
"豹子湾"走到天安门。

步步走啊，步步想，
满心的话啊我要讲

今晚的谈话不断头，
长安街上难分手……

天外的乌云啊山后的雾，
毛主席指点我们看清楚……

革命的路基要打稳，
还要再刨"山桃根"……

南泥湾的火光啊天安门的灯，
——照得长空分外明！

东海激荡啊天山怒，
战士的筋骨钢铁铸！

伟大的战斗又打响，
是战士都在哨位上！

让我向司令员喊"报告：
我的武器又擦好……"

红领巾儿女啊要走快，
红一连在喊："跟上来！……"

跟上来啊，跟上来，
辈辈人在红旗在！

红旗万丈向天举——
革命的烈火几万里？！

火光在前啊，枪在手，
大步长征——不回头！

1964年5月29日

这样写，
这样写——
我们的日记，
要这样写。

这样写，
这样写——
我们的历史，
要这样写。

写我们
壮丽的红旗，
写我们
伟大的事业。

用我们
整个的生命，
用我们
全部的热血。

生——
这样写，
死——
这样写。

革命！
革命！——
在每一行，
每一页。

人民！
人民！——
在每一章，
每一节。

世界，
在我们心中。
英雄，
在我们行列。

我们是

黄继光、雷锋的战友，
我们是
千百万个——王杰！

谁说王杰
已经牺牲？
谁说战友
已和我们告别？

看千百万颗王杰的心
正一齐跳动，
看千百万本王杰日记
仍继续在写……

写啊，
我们写！
我们这样写，
我们必须写——

面对
万里的烽烟，
回答
今日的世界！

革命——
决不后退！

斗争——
决不停歇!

怎能容忍
叛徒的出卖?
怎能允许
强盗的猖獗?

红旗——
决不会倒下!
火炬——
决不会熄灭!

谁是
"革命的良种"?
人民——
自会鉴别!

请看
革命的大军,
此刻正在
重新集结……

我们是
毛泽东的战士,
我们是

英雄王杰!

来吧,看敌人
怎样疯狂?
来吧,让暴风雨
更加猛烈!

我们早已
做好准备,
准备迎接
要来的一切!

我们将高唱:
"这是最后的斗争……"
永远战斗
在最前列!

我们将
打开日记本,
把毛泽东思想的真理,
大字书写——

写:天空
不会塌陷!
写:地球
不会毁灭!

写：把帝国主义强盗，
彻底埋葬！
写：对修正主义叛徒，
进行最后判决！

写啊：世界人民
最后胜利！
写啊：全地球
遍地花开季节……

啊，我们的日记，
我们的历史，
将写下：明天
更新、更美的一页！

1965年11月11日

谒黄陵

风云四十载，
几度谒黄陵。
古柏今犹绿，
战士白发生。
不问挂甲树[1]，
但听征马鸣。
指南车又发[2]，
心逐万里程！

1982年11月

[1]黄陵轩辕庙内有一古柏，树身满布战甲状斑痕，相传汉武帝西征归后曾挂甲于此。
[2]指南车，传说为黄帝所发明。黄帝与蚩尤作战，"蚩尤作大雾，弥三日，军人皆惑"。黄帝遂造指南车，以指方向，即擒蚩尤。诗人用喻党的十一届三中全会以来的方针路线。

登延安清凉山

我心久印月 [1]，
万里千回肠。
别后定痂水 [2]，
一饮更清凉。

1982年11月

---

[1]清凉山上有"月儿井"，井旁有印月亭，自亭边透过石缝下看十余丈，有月影自水底涌出。
[2]"定痂泉"为清凉山又一景。相传有僧割己肉救饥鹰，伤口不愈，来此泉一洗而结痂，因以名之。

我于去冬体检发现重疾入医院治疗，今春出院赴杭州疗养。四月底病情稍苏，应邀试作富春江游。近年浙江省开辟富春江、新安江至千岛湖旅游一条线，称"两江一湖黄金旅游线"。海内外游人如织，多有再加西湖、钱塘江而称"三江两湖者"。作者此行往返千里，畅览水光山色，饱见昔奇新胜。目接心会，感奋不已，不禁乘兴有作。行笔仍如以往，不拘旧律，因以"散歌"名之。待向方家求教前，姑自书、自诵之，抑或疗病之一法耶？

五

西湖波摇连梦寐，
千里秀美复壮美。
山迴水洄少壮回，
鹭飞瀑飞壮思飞！

八

车窗船头望如痴，
可在大痴[1]画卷里？
朱墨春山新诗意[2]，
富阳新纸写淋漓[3]。

十五

烟雨楼头南湖心[4]，
长河水源白云根[5]。
窗开万厦须两手，
挽此云水净埃尘。

二十

无限情丝迎客雨，
迎我千岛湖中去。
西湖入袖驰望眼，

---

[1]大痴，黄公望，字子久，号"大痴道人"，元代大画家，传世名作有长卷《富春山居图》。
[2]1933年鲁迅诗《赠画师》："愿乞画家新意匠，只研朱墨作春山。"
[3]富阳土纸历史悠久，改革开放后，新式造纸业发展甚速，其中民间造纸专家蒋放年结合电脑技术创新法造印刷用宣纸，质地甚优。
[4]嘉兴南湖湖心岛上有烟雨楼，党的一大秘密从上海移至南湖，在游船中继续进行。
[5]白云根，严子陵钓台隔江相对有芦茨村，为晚唐诗人方干故里，因范仲淹赋诗称此为"白云村"，后人遂雅称之为"白云源"。

西子千身展千姿！

二二

蜜山岛上感相遇[1]，
澜波撒骨郭题句[2]。
请教再问"甲申祭"[3]，
黄河渡后今何夕[4]？

二三

对我遥指云飞处，
乌龙战垒影可睹[5]。
方腊碧血腾碧浪，
梁山易帜后何如[6]？

二四

问何如？观何如？
泪如注，心如烛。

---

[1]蜜山岛，为千岛湖较大岛屿之一。参加工程指挥的水利部已故副部长刘澜波同志遗言将骨灰撒入千岛湖内，现此岛上有刘澜波纪念亭。郭沫若同志曾来此岛，离千岛湖前赋诗题留。
[2]同上。
[3]郭沫若著《甲申三百年祭》为延安整风学习文件之一。
[4]一九四五年日本投降后，延安干部分赴全国各地。作者被分配参加赴华北干部大队离延安东渡黄河，当时刘澜波同志为大队领导人之一。
[5]宋末方腊农民起义于新安江一带，至今留有多处遗迹。此处指新安江北岸乌龙山。山东梁山宋江起义军投降朝廷后奉命征伐方腊起义军，两军在此激战。
[6]同上。

我思河山旧图画，
我念山河新画图。

二六

壮哉此行偕入海，
钱江怒涛抒我怀。
一滴敢报江海信，
百折再看高潮来 [1]！

1992年5月1—3日

---

[1]富春江归后，又赴海宁市盐官镇海堤观钱塘江潮，未逢大潮已足壮观，因应索题："壮哉钱江潮，小览亦开怀。确知潮有信，相期高潮来！"

抗日战争初期，我离开家乡山东流亡大后方，于一九三八年底进入四川，沿川北古金牛蜀道，经广元、剑门关、剑阁到达梓潼止留。一九四〇年由此北上，经原路奔赴延安。五十三年后的一九九三年秋，沿此线重访川北故地，并顺游九寨沟，又访江油李白故里。

咏广元

一

北去过此已半世，
广元新颜惊不识。
红军碑林红军渡[1]，
巴山泪雨诉情思。

---

[1]一九三二年至一九三五年，红四方面军在包括广元在内的二十余县境内建立了川陕革命根据地。近年来，广元市收集当年红军镌刻标语、文告的各类碑碣建"红军碑林"于市郊乌奴山麓，又在嘉陵江等几处渡口建"红军渡"等纪念设施。

二

皇泽寺下则天坝 [1]，
嘉陵江畔花竞发。
乘舟踏浪举头望，
新凤飞出明月峡 [2]！

三

千山开放万壑改，
长街远出旧关隘。
五丁开道励新世 [3]，
负力失国警后来 [4]。

四

南江新岸楼外楼 [5]，
红颜红心慰白头。
共话文明双飞翼，
喜望利州亦义州 [6]！

重登剑门关忆昔

一

拨云又抚倚天剑，

---

[1]皇泽寺在广元市郊嘉陵江边，唐时由川主庙改建，有女皇武则天石雕像。不远有白沙里，后称则天坝。郭沫若等学者考证武则天诞生于此。

[2]一九八八年广元市中心凤凰山上新建凤凰楼，高四十二米，风格新颖，振翼欲飞。明月峡在广元市北嘉陵江岸，有古栈道，为自北入川之著名险关。

[3]据史载与民间传说，秦时蜀王遣勇士"五丁"劈山开道，北与秦通。缘此，陕南宁强县境内有五丁峡、五丁关。

[4]川陕间此古道称"金牛道"。传说秦惠王为灭蜀计，以石牛粪金并美女诱蜀王。蜀王负力沉溺财色，国衰被灭。

[5]广元市区位于嘉陵江与南江交汇处。近年建设以南江沿岸为重点，广厦重楼，其中有广元大学、市图书馆、影院、体育场等文教设施。

[6]广元古称利州。

惊风再诵太白篇[1]。
九折不返悬一念[2]：
勿失阴平负雄关[3]！

二

昔曾几经姜维寨[4]，
难咏万夫关莫开[5]。
邓艾别道裹毡下[6]，
战将背后降表来！

翠云廊古柏蜀道

翠云廊下今重过[7]，
画廊史廊溯长河。
撑天望远"帅大树"[8]，
结子盼成"剑阁柏"[9]。
"乐不思蜀"嗟阿斗[10]，

---

[1]指李白名篇《蜀道难》长诗。
[2]九折坂，在川西邛崃山，山路险阻曲折，汉代王尊至此畏难而返。九折坂亦用作泛指，王维诗："黄花县西九折坂"。黄花县为唐置，在陕西凤县。
[3]阴平古道，自甘肃文县穿越岷山通向四川，经平武、江油可达成都。三国时蜀相诸葛亮曾置军守之，后主阿斗废成。蜀将姜维坚守剑门，魏将钟会久攻不下，邓艾别出阴平古道偷袭成都取胜，阿斗降，蜀汉亡。
[4]姜维坚守剑门关时的营寨，在大剑山上，后世称姜维城。
[5]李白《蜀道难》："一夫当关，万夫莫开。"
[6]《三国志·邓艾传》："艾以毡自裹，推转而下。"
[7]以剑阁为中心，南至阆中、西至梓潼三百余里的古驿道上，有相传为蜀汉大将张飞始植的近万株古柏，形成绿色长廊，清人乔钵题诗名之"翠云廊"。
[8]"帅大树"，古柏中最大者，沿旧名。一九六三年朱德同志曾来此树下观赏。
[9]又称"松柏长青树"。几年前经植物学家鉴定为国内外罕见之珍奇新树种，学名定为"剑阁柏"。此树籽不易育新苗，现正试育中。
[10]有"阿斗柏"，传说蜀汉后主阿斗投降被押北去洛阳，过此树下躲雨，因以名之。又，阿斗投降作俘后曾言："乐不思蜀"。

"出师未捷"叹诸葛[1]。

蜀道遥想神州路，

新喜新忧感非昨。

两赠梓潼

一九八五年寄赠[2]

夜笼大庙传火种[3]，

依稀晓雾离梓潼。

北上少年今白发，

万里长思送险亭[4]。

一九九三留赠

华发归来寻旧迹，

心回北上少年时。

锦屋夜梦数草履[5]，

史途多险岂无思？

1993年10—11月

---

[1]杜甫句："出师未捷身先死，长使英雄泪满襟。"包括剑阁柏道两侧在内的数百里金牛道上，古来有纪念诸葛亮的祠、庙、桥、坡、驿、石等遗迹，多不胜数。

[2]一九八五年寄赠此诗，此次来访故地，见已刻石立于七曲山。

[3]七曲山因有张亚子文昌庙，又名大庙山。城内亦有文昌庙，作者五十五年前就读于国立第六中学一分校曾寄寓其中。

[4]送险亭在七曲山下，为川北蜀道南端，山路至此向南转为平坦。当年作者入川出川均步行过此。

[5]离此五十三年后之今日，见旧貌换新颜，不禁思绪难平，久不能寐，眠宾馆锦屋之内却梦数草鞋，备行远路。

咏南湖船

极目长河
惊骤洄巨折!
逆风狂,
浊浪恶,
　百舸几沉没?
念神州,
心千结——
此船应无恙:
勿迷航,
　莫偏斜;
当闻警排险,
岂容自损身,
　暗沉不觉?
驾驶者
曾是阶级先锋、

民族脊梁、

　　时代英杰。

未负

红色盘古

　　创世大任，

久葆

东方"安泰"[1]

　　"地子"本色。

看南湖，

望北国——

忆七月烟雨，[2]

思六月风波。

两番长征，

重重险关重重越。

七十载过——

数不尽

　　累累先烈骨、

　　　滚滚同志血。

征程历历昭来者——

真伪明，

　　成败决，

须察

千态万状，

　　当经

---

[1]安泰，希腊神话中大力神，大地之子。
[2]南湖有烟雨楼，七月一日为党的生日。

史检民择。

而今寰宇更待——
再拨疑云迷雾

　净淘断戈败叶。
志无疑，
步无懈；

　信河清有日，
归燕终报捷。
无须问我——

　　　鬓侵雪、

　　　　　　岁几何？
料相知——

　　　不计余年

　　　　　此心如昨。
今来几度逢队日，

　　此情俱与少年说。
紧挽臂，

　　登船同看：

　　　　电光闪处当年舵；
烟雨楼上——

　　听万里涛声

　　　共唱

　　　　心船歌。

1997年10月

游黄山感怀

　　二〇一四年我年近九旬，入春一场病后，蒙友人相助，于五月十五日起赴徽地疗养，乃有平生第一次黄山二日之游。

神游黄山境，
真见迎客松。
问我何方来？
万里思征程。
延水育年少，
今成九旬翁。
百惭一自豪，
未负始信峰。[1]
宝塔山下路，
同道偕壮行。
云海任变幻，
天都[2]继攀登。

2014年5月18日 黄山

[1]始信峰，黄山群峰之一。明代黄习远游至此峰，始信黄山大美奇绝，故以"始信峰"名之。
[2]天都峰，黄山三大主峰之一。